# Contes et Facéties d'Arlotto

Les
# Contes et Facéties d'Arlotto
## de Florence

Traduction en Français moderne

par Christophe NOËL

© 2021 – Domaine Public

Édition : BoD – Books on Demand,
12/14 rond-point des Champs-Élysées, 75008 Paris
Impression : BoD - Books on Demand, Norderstedt, Allemagne

Illustration : La Grande Chasse de Sainte Ursule. Hans Memling. 1435-1494. Bruges.

ISBN : 9782322380251
Dépôt légal : Août 2021

*Pour Peggy,*

*sans l'aide et le soutien de qui*

*cette aventure n'aurait sans doute pas été possible.*

# INTRODUCTION

Une introduction ? pourquoi faire ? demandait ce préfacier. Personne ne les lit, moi le premier, je l'avoue bien volontiers – sauf rarissime exception, quand le sujet ou l'auteur m'intéresse.

La plupart du temps, un obscur enseignant de province sortira un peu de son cagibi et ses toiles d'araignée et, après moult courbettes à son directeur et son inspecteur d'académie (les palmes !), se livrera à un exercice périlleux d'érudition, afin de nous étaler son savoir et son esprit brillantissime et fin. Avec force références qui endormiront même les philologues et les grammairiens les plus endurcis.

Foin de tout ça ! mon ambition n'est pas de faire valoir des qualités que je n'ai pas, mais de diffuser, partager des textes que j'ai aimés, qui me paraissent le mériter, et au passage vulgariser. Au cas particulier – comme on jargonnait dans mon ancienne profession -, les rendre accessibles et plus attrayants que ne le font nos manuels scolaires. Quiconque a un jour ouvert un Lagarde & Michard comprendra aisément de quoi je veux parler.

S'agissant de ces textes de la Renaissance, simplifier et moderniser la graphie, avec, en minuscules, des S qui ressemblent comme deux gouttes d'eau à des F ; des I et des J indifférenciés ; voire, perversité suprême parfois, les U et les V intervertis... mais aussi toiletter la langue, avec des tournures plus modernes, et des mots plus familiers, à défaut d'être plus accessibles.

Je n'ai, ce faisant, pas pu m'empêcher par moments de maintenir certaines formulations qui me semblaient contenir un sel difficilement transcriptible.

*Traduttore traditore*, disent les Italiens : traduire, c'est trahir. Forcément. Pourquoi tel mot plutôt que tel autre ? pourquoi privilégier une tournure ? Conscient de la chose, je me suis constamment efforcé de rester fidèle à l'esprit du texte, mais parfois des choix difficiles s'imposent comme une évidence : la fluidité de la lecture avant tout.
Traduire, mais non adapter en altérant totalement le texte.
Le plaisir de découvrir et lire un texte s'étiole lorsqu'on passe son temps à tenter de déchiffrer et le comprendre. *Ce qui se conçoit bien, disait ce bon vieux Boileau, s'énonce clairement...*[1]

Or nous sommes dans une civilisation qui ne s'attarde plus guère, et croyez que je suis le premier à le déplorer. Le temps, c'est de l'argent, ne cesse-t-on de nous seriner. Aussi, à l'ère des *fast*-machins, je me devais de rendre la lecture plus aisée. Car mon ambition est de toucher les gens du quotidien, et non les érudits. Pour eux, la lecture dans les textes originels est toujours possible ; je les invite à ne pas dévier. Mais, au contraire, quand je lis et traduis un texte, je pense à mes fils, pour lesquels notre jeunesse sans téléphone ni informatique est une préhistoire où, dans leur esprit, nous côtoyions le dinosaure en cueillant nos baies et chassant notre gibier quotidien, cuit au feu d'un bois allumé en percutant des silex au fond de la caverne.

---

1  Pour ce qui n'est pas parfaitement clair, mais que, soit texte et commentaires initiaux, soit choix de ma part, des notes de bas de page, telles que la présente, sont censées vous faciliter la compréhension. À cet effet, je n'ai pas hésité à rajouter des explications, sans vouloir non plus inonder. Certaines formulations sont donc conservées d'origine, mais me paraissaient aisées à appréhender.

# Le personnage

Arlotto Mainardi est né à Florence le 25 décembre 1395. On le retrouve parfois sous le nom de Pievano ou Piovano Arlotto. Son père, Jean Mainard, originaire du canton de Mugello, lui donna comme unique prénom celui d'Arlotto, qui signifie glouton, malpropre[2].

Arlotto fit, semble-t-il, de bonnes études, et fut ensuite pendant quelques années ouvrier en laine, nous dit Paul Ristelhuber, l'éditeur du XIX° siècle dont a été tiré le présent ouvrage. Mais il s'en détourna, et se fit prêtre à vingt-huit ans (vers 1424-1425).

Il obtint d'abord une chapellenie du dôme de Florence. Or le bâtiment n'était pas fini de construire. Il la quitta donc pour la cure de San Cresci di Maciuoli, dans l'évêché de Fiésole, où il restera pratiquement tout le reste de sa vie. Il commença par faire rebâtir à ses frais l'église, qui tombait en ruines.

Les curés n'étant pas astreints à une résidence continue, Arlotto voyagea beaucoup (ainsi qu'on peut le constater au fil des récits de ses facéties) : neuf fois en Flandres, l'Angleterre où il fut présenté au roi Édouard (idem) ; il visita également les rois Alphonse de Naples et René d'Anjou – ou de Provence.

Il rapporta de ses voyages, outre des emplettes, un grand fonds de souvenirs et d'expérience, aussi il était assez recherché et son humeur enjouée ainsi que son bon sens le rendaient agréable à tout le monde.

Parvenu à une extrême vieillesse, et un an seulement avant sa mort (le 26 décembre 1484), il résigna son bénéfice entre les mains du chapitre de Florence et se retira à l'hospice de la Maison-Dieu.

Il fut enterré dans l'église dudit hospice, dite du Jésus pèlerin. Sur sa tombe, il fit graver l'épitaphe suivante : « Cette sépulture, le curé Arlotto se l'est fait faire pour lui et pour toutes les personnes qui

---

2  Aussitôt, notre esprit va vers *Pantagruel* et *Gargantua* de Rabelais… mais non, car il est né un bon siècle plus tard, en 1483 ou 1494.

voudront s'y loger », ultime plaisanterie.

Arlotto n'a pas écrit lui-mêmes ses facéties. La première édition porte qu'elle a été imprimée à Florence, à la prière de Bernard Pacini, de Pescia, fils de Pierre, imprimeur. On suppose donc qu'il en a été le rédacteur.

Pourquoi deux parties ? me suis-je demandé, la césure n'étant pas évidente, hormis une différence certaine de style.

En fait, la raison en est que la première partie reproduit la traduction parue sous le titre *Le Patron de l'honnête raillerie* ; parue à Paris en 1650. Traduction peu estimée, dit De Bure[3] ; on la regarde comme une mauvaise copie d'un excellent original. Paul Ristelhuber en corrigera les fautes.

Quant à la seconde partie, elle aura été traduite pour la première fois par ce dernier.

Arlotto n'est pas un implacable railleur, un bouffon emporte-pièce comme le Pogge (1380-1459), dont il fut le contemporain ; il se rapproche plus d'Ulenspiegel (lequel aurait vécu de 1300 à 1350 en Allemagne). Il commet des ***espiègleries*** dans le sens commun du mot, malices innocentes qui font rire, mais aussi des tours un peu plus méchants, que la morale de l'époque amnistie aisément.

Contrairement au Pogge, – que notre curé a fatalement rencontré, étant son contemporain, son compatriote Florentin, ainsi qu'amené à fréquenter la cour papale – et qui verse facilement dans la grivoiserie ou l'obscénité[4], Arlotto (voir les épisodes du bouffon, de l'importun, des prêtres inhospitaliers) ne dédaigne pas le genre scatologique comme le germanique Ulenspiegel.

Arlotto compte des ancêtres, y compris dans le clergé. Lorsque Rodolphe de Habsbourg (ft 1273-1291) chassa les ménestrels de sa cour, il y conserva son fidèle bouffon, le curé Cappadox.

---

3   in *Bibliographie instructives*, Belles-Lettres, II, 45.

4   Que de changements, entre un Moyen Âge et une Renaissance où parlait le corps, et la période classique qui a suivi, culminant avec la pudibonderie des XVIII° et XIX° siècles, dont on n'est toujours pas sortis, intégristes aidant.

Également un héros plus illustre, le curé Amis – dont l'histoire a été racontée au XIII° siècle par l'Allemand Stricker –, un Anglais habitant la ville imaginaire de Tranis.

Plus riche d'esprit que de revenus, son petit champ et des faibles dîmes eussent difficilement suffi à ses goûts assez dispendieux, si la fécondité de son imagination n'eût suppléé aux ressources manquantes. Pauvre, il recevait et traitait avec largesse ses amis.

L'évêque le somma de répondre à certaines questions. « Si je peux convaincre mon homme d'incapacité, raisonna l'évêque, l'expulsion trouvera un prétexte ; et puisque sa cure rapporte, je m'arrangerai avec le successeur. »

À chacune de ses questions, Amis répond par une plaisanterie si bien tournée et embarrassante que le questionneur devient la victime de l'interrogé. Ce sont des problèmes sans fin sur la profondeur de la mer, le nombre des étoiles, la hauteur du firmament, et autres bagatelles dont pas une ne trouble le flegme de notre prêtre.

Fatigué de cette lutte stérile, le prélat finit pas demander :
– Quel est le point central du globe terrestre ?
– C'est mon église, répond sans hésiter le curé Amis.
– Qu'apprenez-vous à vos ouailles ?
– Tout ce que je peux, mais ce sont des ânes.
– Et ces ânes, vous les instruisez ?
– De mon mieux.
– Faisons venir un âne et voyons ce que le curé pourra lui apprendre.
– Il faut vingt ans pour l'éducation d'un homme ; j'en demande trente pour l'éducation d'un âne.
– Dans huit jours, je reviendrai voir quels progrès aura fait cette éducation importante ; et si l'âne est resté âne, un plus habile aura la cure.

Notre curé prend un gros livre, le plus bel in-folio de l'époque[5], intercale des chardons entre les pages et place le volume fermé devant l'âne qu'il veut instruire. L'instinct de l'animal s'éveille ; il ne tarde pas à ouvrir l'énorme tome, et ses narines séduites retournent bientôt les feuillets.

Ces exercices se répètent pendant les huit jours qui précèdent la visite de l'évêque. Il arrive, jette sur l'homme qu'il veut destituer un regard oblique, et ordonne que l'âne soit amené.

L'âne vient, et le volume est placé devant lui : il reconnaît son livre et son déjeuner ordinaire, tourne avec sa langue et une gravité solennelle chacun des feuillets encore empreints d'une saveur gastronomique, et au bout du volume, ne trouvant rien, relève la tête et se met à braire avec le plus majestueux désespoir.

– C'est sa manière, dit le curé, de prononcer la lettre A ; il n'en est encore qu'à cette lettre de l'alphabet et vous voyez qu'il la prononce à l'allemande, avec un accent circonflexe.

L'évêque leva le siège et renonça désormais à déposséder le curé[6].

Amis sert d'organe à une révolution politique. On reconnaît dans sa légende le résumé des accusations populaires souvent répétées par les trouvères et les satiriques contre le haut clergé et sa puissance. Quant au simple prêtre, il est du peuple, il plaît au peuple. Un peu escroc, un peu faussaire, il se fait accepter par ses vices mêmes comme le héros du curé de Meudon[7].

Malgré leur haine pour les ménestrels et bouffons, depuis longtemps les membres du bas clergé s'étaient confondus avec cette dernière classe de mauvais plaisants ; les statuts de l'église de Cahors

---

5   Aux XVII° et XVIII° siècles, les in-folio sont généralement des ouvrages de référence, fort volumineux (couramment environ 10 kg par tome) et ont un format voisin de nos actuels papiers A3 (deux fois plus grand que la page habituelle des imprimantes de bureau).

6   a) On voit que Pavlov n'a rien inventé. et b) L'anecdote vous rappelle quelque chose ? La tradition nasreddinienne en a tiré deux anecdotes différentes.

7   Du 18 janvier 1551 au 9 janvier 1553, François Rabelais fut nommé curé titulaire de Meudon ; c'est là qu'après avoir achevé son roman de Pantagruel, il rendit le dernier soupir, le 9 avril 1553.

prouvent de manière incontestable la crainte inspirée aux plus prudents de cette bizarre confusion : « Nous défendons aux prêtres, disaient ces statuts, de devenir jongleurs, goliards ou bouffons ; et nous déclarons que ceux qui persisteront à exercer cet art diffamé seront dépouillés de tout privilège ecclésiastique[8]... »

La révolution française nous a démontré l'influence de cette position populaire du bas clergé et ce qu'il y a d'intime dans l'alliance contractée par les paysans et les bourgeois avec les curés. Panurge, l'homme à tout faire, l'infatigable rieur, exerce sa malice sur le compte des *évégaux* et *cardingaux* ; Merlin Coccaie le crible de traits satiriques. Les vices qu'on attribuait au bas clergé étaient de bon gros vices que le peuple ne déteste pas : gourmandise, ivrognerie, tours de passe-passe, farces mêlées d'égoïsme et de friponnerie. La sympathie pour Panurge a toujours été réelle et le matériel Sancho s'est fait plus d'amis que le spiritualiste Don Quichotte.

Un parent d'Arlotto, ce sera encore le curé de Kalenberg (Chaumont) qui a peut-être légué à la langue française le mot calembour(g). Le premier trait d'esprit qui le fit connaître était à la fois un tour d'audace et un rapide élan vers la fortune.

Alors qu'il étudiait, il était en pension chez un bourgeois de Vienne. Il suit son patron au marché. Le peuple s'attroupe autour d'un énorme poisson que le pêcheur veut vendre un prix exorbitant. « Parbleu ! s'écrie Wigand – le futur curé –, je vais l'acheter pour le duc notre maître », et il prie le bourgeois de lui prêter l'argent nécessaire.

Le bourgeois, dans sa profonde vénération pour le souverain, ne repousse pas la demande, et Wigand court joyeux au palais ducal. Le concierge lui barre rudement le passage et le force à marchander l'entrée :

– Que me donnerez-vous enfin ?
– Parlez, faites votre prix.
– Convenons que la moitié de ce que vous recevrez sera pour moi.
– C'est convenu.

---

8   Martène, *Anecdotes*, IV, 727.

L'étudiant, introduit en présence du duc de Styrie Othon le Joyeux († 1339), voit son poisson gigantesque accueilli avec reconnaissance :
– Que veux-tu que je te donne ? demanda le duc.
– Pas grand-chose, Altesse, cent coups de bâton.
– Pourquoi ? dit le duc, et quelle étrange fantaisie !

Wigand lui conte l'histoire du concierge, et le duc fit ponctuellement exécuter la correction conclue entre les deux personnages, à cette exception près que la bastonnade de l'un sera plus solennelle et plus sérieuse que celle de l'autre.

Égayé par les facéties de Wigand, Othon le prend à gré. Un vieux curé du voisinage venant à mourir, c'est Wigand qui hérite de la cure. Il a le même succès auprès de ses ouailles qu'auprès du seigneur suzerain ; tout le monde aime ce bon curé qui fait rire les chrétiens.

# PREMIÈRE PARTIE

des gentillesses du Curé Arlotte, & sçachant qu'il estoit arriué, fut curieux de le voir. Sur tout, pource qu'il auoit oüy dire qu'il auoit vn certain liure auquel il enregistroit toutes les plus grandes fautes qui venoient à sa connoissance. L'ayant fait venir pour cet effet, apres luy auoir fait vn fort bon accueil, & vn peu raillé auec luy, il luy demanda s'il estoit vrai qu'il tint vn tel registre des fautes d'autrui. Le Curé dit que oüy, & le Roy continua : N'auez-vous pas enrollé quelqu'vn de ces Seigneurs de Naples, depuis que vous y estes? Sire, fit le Curé, qui met des choses par escrit, il ne s'en souuient pas tousiours, s'il ne voit son liure. L'ayant pour cet effet fait apporter & ouuert deuant le Roy, il luy dit : Sire, voicy vn article qui touche vostre Maiesté, le Roy Alfonce a commis auiourd'huy vne tres-lourde faute, pour auoir donné six mil ducats en or à Mouchaly Turc [1], pour aller achepter des cheuaux en Barbarie. Le Roy surpris de ce discours, dit aussi-tost : Pourquoy me blasmez-vous? I'ay pris Mouchaly tout ieune d'entre les mains des Corsaires, ie l'ay nourry & eleué dans ma Cour, il y a plus de dix-huit ans, l'ayant tousiours trouué fidel & affectionné à mon seruice. C'est pourquoy vous auez tort de m'auoir couché dans vostre inuentaire.

---

les savants : Pogge traduisit par son ordre *la Cyropédie* de Xénophon & en fut largement récompensé. Sur la fin de sa vie Alfonse s'éprit d'un fol amour pour Lucrèce Alagna. Ses pensées & les faits remarquables de sa vie ont été publiés en 1765 par l'abbé Méri de la Canourgue sous le titre de *Génie d'Alphonse le Magnanime*; les traits de ce recueil sont tirés des *Dicta & facta Alphonsi* d'Antoine de Palerme, précepteur & historiographe du prince.

1. Dans l'original : 5,555 alfonsins d'or à Téodoric, Allemand.

## 1. Réponse du curé Arlotto à l'archevêque de Florence

L'archevêque de Florence ayant ouï souvent parler du Curé Arlotto, l'envoya un jour quérir pour en faire meilleure connaissance. Après lui avoir parlé quelque temps, il lui demanda qui il était, son nom de baptême : il répondit, c'est Arlotto ; l'archevêque s'étonna de ce nom et dit :

– Si on vendait des noms à Florence, je crois que chacun prendrait peine d'en acheter un beau à son fils. Cependant votre père qui était homme d'esprit, pouvait sans aucun frais vous en choisir un beau ; voyez quel étrange nom il vous a donné : en quoi il a eu grand tort.

-- Monseigneur, ne vous étonnez pas, le curé lui répondit, mon père a bien fait de plus lourdes fautes .

L'archevêque demanda quelles fautes ? Il répondit :

– En voici une : au lieu de prêter son argent à usure, il en faisait des acquisitions.

– Ne savez-vous pas, répliqua l'archevêque, que s'il eût prêté à usure, il fût allé en enfer ?

– Mais, dit le curé, les acquisitions ont mis mon père en prison (qui est l'enfer des vivants), où il est mort.

## 2. Bon mot du curé aux Anglais pour le mal des yeux

Les galères de Florence arrivèrent à Londres, où elles demeurèrent plusieurs mois ; le curé y était connu de longue date, ayant fait amitié avec plusieurs Anglais, et surtout avec des prêtres, desquels il apprenait les coutumes du pays. Et d'autant que cette nation fait de grands excès dans le boire et le manger, il s'en rencontre fort peu, quand ils approchent de quarante ans, qui ne deviennent rouges au visage avec une bordure de même couleur autour des yeux. Ils attribuent toutefois cet accident à la subtilité de l'air, croyant qu'il n'y a point de meilleur remède à cet inconvénient qu'une certaine dévotion qu'ils ont.

Quand le prêtre a dit la messe, ils vont tous à l'autel, et le prêtre ayant mis de l'eau dans le calice et ayant dit certaines prières, leur en mouille à chacun les yeux. Un matin, le curé fut convié par l'archidiacre de vouloir dire la messe dans leur église, la cathédrale de Saint-Paul, où il y eut grande assistance, et entre autres le Milord Édouard, des principaux seigneurs de la Cour[9], qui peu auparavant avait été à Rome rendre l'obéissance au pape de la part de son maître, le roi d'Angleterre[10], et qui entendait fort bien l'italien.

La messe achevée, le curé, pour observer la coutume du pays, mit de l'eau dans le calice, mouilla de ses doigts sacrés les yeux des Anglais qui se présentaient à l'autel et au lieu de dire des oraisons en latin, il disait à chacun en italien : *Buvez moins de par Dieu et*

---

9   L'auteur dit : cavalier à éperon d'or et baron du roi.

10  Édouard IV, né en 1441, proclamé roi le 5 mars 1461, mort le 9 avril 1483. Il vivait avec ses sujets et particulièrement avec les habitants de Londres de la façon la plus familière. Les grâces de sa figure, ses manières galantes facilitaient ses succès auprès des femmes, et la Cour offrait le spectacle de fêtes continuelles. N'ayant pu faire sa maîtresse d'Elisabeth Woodville, veuve d'un partisan de la maison de Lancastre, il l'épousa secrètement. Ses maîtresses les plus connues furent Jane Shore, femme d'un bourgeois de Londres, et Elisabeth Lucy, dont il eut deux bâtards. Il sacrifia à sa jalousie son frère Georges, duc de Clarence, et le fit condamner à mort par le Parlement vendu à ses caprices. On accorda au malheureux le choix de son supplice, et il fut noyé secrètement dans un tonneau de malvoisie.

*assurément vous vous en trouverez beaucoup mieux*. Le Milord qui était présent ne pouvait s'empêcher de rire, entendant un si plaisant discours ; il ne fut pas plutôt à la Cour qu'il le conta au roi, qui envoya quérir en même temps le curé, pour savoir de sa bouche à quelle fin il avait usé de ces paroles : à quoi il répondit qu'il croyait que ce qu'il avait dit dans sa langue valait mieux contre le mal des yeux que toutes les oraisons qu'on pouvait leur dire en latin.

Le roi prit un si grand plaisir à ce discours et à d'autres gentillesses que le curé lui dit, qu'il lui fit donner du fin drap pour deux robes et cinquante écus d'or ; de plus il lui fit beaucoup d'autres caresses tandis qu'il demeura à Londres et pour l'amour de lui, beaucoup de plaisir aux Florentins[11],[12].

## 3. Faute du roi de Naples enregistrée sur le livre du curé

Les mêmes galères retournant de Sicile abordèrent à Naples, où elles arrêtèrent quelques jours. Le roi Alphonse d'Aragon[13], qui avait souvent entendu parler des gentillesses du curé Arlotto, et sachant

---

11   Voir Pogge, LXIII : *les chassieux.*

12   Appelons-la par son nom, cette mystification est quelque peu spécieuse et participe d'un raisonnement fautif de la part de son auteur, car il aurait aussi bien pu leur parler en serbo-croate ou en chinois, les malades n'auraient pas plus compris. Il s'agit donc tout simplement de ce que les Anglais nomment un *private joke* (NdT).

13   Alphonse 1er, roi de Sicile et de Naples de 1441 à 1458. Sa femme Marie de Castille ayant, dans un accès de jalousie, fait étrangler Marguerite de Hijar, dame de la cour dont il eut un fils nommé Ferdinand, il prit le parti de se distraire de sa douleur dans des expéditions lointaines. Il se rendit maître de Naples sur René d'Anjou et y établit la domination des Aragonais. Doué d'une éloquence persuasive, franc et loyal, il méprisait tout ce qui portait le cachet de la duplicité ; il aimait les lettres et protégeait les savants : Pogge traduisit sur son ordre la *Cyropédie* de Xénophon et en fut largement récompensé. Sur la fin de sa vie, Alphonse s'éprit d'un fol amour pour Lucrèce Alagna. Ses pensées et les faits remarquables de sa vie ont été publiés en 1765 par l'abbé Méri de la Canourgue sous le titre de *Génie d'Alphonse le Magnanime* ; les traits de ce recueil sont tirés des *Dicta & Facta Alphonsi* d'Antoine de Palerme, précepteur et historiographe du prince.

qu'il était arrivé, fut curieux de le voir. Surtout, parce qu'il avait ouï dire qu'il avait un certain livre dans lequel il enregistrait toutes les plus grandes fautes qui venaient à sa connaissance.

L'ayant fait venir pour cet effet, après lui avoir fait un bon accueil, et un peu raillé avec lui, il lui demanda s'il était vrai qu'il tînt un tel registre des fautes d'autrui. Le curé dit que oui, et le roi continua :

– N'avez-vous pas enrôlé un de ces seigneurs de Naples, depuis que vous y êtes ?

– Sire, dit le curé, qui met des choses par écrit, il ne s'en souvient pas toujours, s'il ne voit son livre.

L'ayant à cet effet fait apporter et ouvert devant le roi, il lui dit :

– Sire, voici un article qui touche votre majesté, "le roi Alphonse a commis aujourd'hui une très lourde faute, pour avoir donné six mille ducats en or à Mouchaly, Turc, pour aller acheter des chevaux en Barbarie".

Le roi surpris de ce discours, dit aussitôt :

– Pourquoi me blâmez-vous ? j'ai pris Mouchaly tout jeune d'entre les mains des corsaires, je l'ai nourri et élevé dans ma Cour, il y a plus de dix-huit ans, l'ayant toujours trouvé fidèle et affectionné à mon service. C'est pourquoi vous avez tort de m'avoir couché dans votre inventaire.

-- Pardonnez-moi, Sire, répliqua le curé, j'ai grande raison, n'y ayant point de faute plus remarquable en ce livre, si on veut prendre garde à celui qui l'a commise. Parce que votre Majesté a donné une somme notable à un Turc et de plus elle l'a renvoyé en son pays où il sera grandement estimé de vous avoir trompé. C'est tout ce que pourrait faire un fidèle chrétien de retourner par deçà.

Le roi se voyant condamné par tant de raisons, lui dit :

– Mais si Mouchaly revient avec des chevaux et de l'argent, que direz-vous ?

– Sire, fit le curé, si cela arrive, j'effacerai votre Majesté de dessus mon registre et l'y mettrai comme ayant fait une faute beaucoup plus grande que la vôtre.

Le roi jugea par là que le curé était homme d'esprit et de belle humeur. Il lui fit à ce sujet de grandes caresses tandis qu'il demeura à Naples, lui promettant de bons bénéfices, s'il voulait s'y habituer ;

mais voyant qu'il avait le cœur tourné vers sa patrie, il lui fit présent de cinquante ducats et de plusieurs riches étoffes, gratifiant même à sa considération tous ses camarades.

## 4. Le curé fait aller un cheval comme un bateau

Deux notaires de l'évêché de Florence arrivèrent un soir à saint Créci à Maciole, qui était la paroisse du curé. Lequel, suivant la coutume, les reçut et les logea courtoisement ; après souper, il leur demanda où ils allaient :

-- Nous allons, dirent-ils, près de Fiorenzole prendre possession d'un bénéfice ; nous étions partis de bon matin de Florence, pensant arriver là ce soir ; mais grand merci à un cheval que nous a loué votre ami Gérard Casini, nous n'avons fait en tout ce jour-ci, comme vous voyez, que cinq milles ; cependant nous l'avons payé pour deux journées, parce qu'il nous disait que ce cheval avançait fort et qu'il allait comme un bateau.

Le curé dit :

– Je m'étonne bien fort de Gérard parce que d'ordinaire il a de bons chevaux ; il y a cinquante ans que je le connais pour homme de bien.

S'étant levés le lendemain de bonne heure et ayant pris congé du curé, Clarissime monta à cheval et commença à jouer de l'éperon pour le faire marcher ; il ne bougeait toutefois pas plus que si on lui eût donné une balle de laine.

– Eh bien, monsieur le curé, fit-il, que dites-vous de votre Gérard ? Son cheval va-t-il comme un bateau ?

Le curé prit alors la perche de la porte de l'église et à grands coups chargea la croupe du cheval qui se mit aussitôt au trot et au galop. Ceci fait :

– Vous avez tort, fit-il, Gérard vous a dit la vérité, que son cheval allait comme un bateau. Ne savez-vous pas, où il y a peu d'eau, qu'ils ne vont qu'à force de perches, ainsi que fait ce cheval ?

Et comme libéral, il leur fit présent de la perche afin qu'ils le fissent aller comme un bateau.

## 5. Bon tour du curé à un Siennois

Le curé retournant une fois de Rome, s'arrêta quatre jours à Sienne, chez un prêtre de ses amis. Un samedi matin, ils s'en allèrent ensemble à la boucherie acheter de la chair pour le dimanche.

Ils trouvèrent un Siennois qui contestait avec le boucher sur le poids d'une certaine pièce de veau et cependant il avait mis quatre belles tanches sur un petit banc près de l'étal. Le curé voyant qu'elles étaient mal gardées, tandis que la contestation croissait en paroles, il les mit dans sa manche sans être aperçu de personne et puis il se retira un peu en retrait. La dispute finie, le bourgeois voulut reprendre ses tanches, mais ne les trouvant pas, il recommença la noise avec le boucher, qui jurait ne pas les avoir prises comme faisait aussi le curé[14] qui achetait de la chair, soutenant qu'il ne savait pas ce qu'il voulait dire. Le curé s'approcha au bruit, disant au Siennois :

– Vous avez bien la mine d'un homme de peu de sens ; si vous aviez fait comme moi, vous ne les auriez pas perdues ; j'ai mis les miennes dans la manche que vous voyez, je n'ai pas peur qu'on me les prenne sans que je m'en aperçoive. Je ne veux pas me faire passer à Sienne pour une dupe, comme vous faites tous les jours à d'autres.

Le bourgeois demeura confus de sa sottise et s'en alla tout honteux sans ses tanches. Mais le curé en fit bonne chère avec son camarade à la barbe de ce badaud.

## 6. Gentillesse du curé Arlotto faite au curé de Cercina

Plusieurs prêtres, desquels était le curé Arlotto, allèrent visiter le curé de Cercina, qui leur fit fort bonne chère ; mais d'autant que son clerc était malade, il dit qu'il fallait que l'un d'eux fît la cuisine et lavât la vaisselle, et afin que personne ne pût se plaindre, ils tirèrent à la courte paille ; mais les autres s'accordèrent si bien entre eux qu'ils firent tomber le sort sur le curé Arlotto.

Or, quoiqu'il s'aperçût fort bien qu'il avait été joué, il n'en laissa rien paraître, résolu en lui-même d'user d'une belle invention pour

---

14   Pas Arlotto donc, mais son ami (NdT).

nettoyer la vaisselle sans gâter ses mains. Quand ils eurent dîné, ils se mirent à rire et à dire que c'était à lui de faire maintenant la musique avec les plats et les écuelles.

Sortant donc pour faire sa besogne, il prit les pots, marmites, plats, écuelles, assiettes et autres vaisselles sales, les mit dans une corbeille qu'il attacha proprement à une corde qu'il dévala dans le puits, plongeant et retirant tant qu'il pouvait. Messire Antoine avec les autres curés, pour se donner plus de divertissement, allèrent voir son ouvrage.

Quand messire Antoine vit ce beau ménage, il se mit à crier qu'il gâtait le puits et qu'il n'en avait point d'autre à la place. Le curé répondit qu'à son logis il n'en usait jamais autrement ; que si cette façon de relaver ne lui plaisait pas, qu'il lavât lui-même les ustensiles de cuisine. Les prêtres s'en gaussèrent, mais l'eau se gâta en sorte qu'il fallût vider et nettoyer le puits et par ce moyen la tromperie tomba sur la tête de celui qui voulait la lui faire.

## 7. Réponse du curé à un religieux allemand

Un religieux passant par le pays, demanda au curé en latin quel était le droit chemin pour aller à Rome ; le curé qui ne l'entendait pas lui dit pour toute réponse : *Si iniquitates observaveris, Domine, Domine, quis sustinebit*[15], à quoi il ajouta en sa langue : « Eh bien, que voulez-vous dire ? » Le religieux voyant que le curé lui répondait si fièrement, et si hors de propos, il eut peur qu'il ne le batte de surcroît. C'est pourquoi sans rien répliquer, il continua son chemin tout tremblant de frayeur.

Il y avait là plusieurs paysans qui virent cette action et crurent que leur curé était grandement savant, d'avoir si tôt fermé la bouche au moine. Ils se disaient les uns les autres :

– N'as-tu pas vu comment il l'a renvoyé à l'école et qu'il n'a pas osé entrer en dispute avec lui, s'en étant allé tout honteux et confus sans mot dire ?

---

15   Dans l'original : *Dixit Dominus Domino meo, sede a dextri meis.*

## 8. Le curé fait décharger un apothicaire accusé de tromperie

Bernard de Villemarine, capitaine de mer, fort expert, mourut à Pise ; il avait été pris à la solde des Florentins, pour tenir la côte de Livourne nette de Corsaires, lesquels rendaient l'abord des vaisseaux fort périlleux. Et parce qu'il s'était valeureusement et dignement acquitté de cette commission, les Florentins ordonnèrent aux consuls de marine qu'ils lui fissent des obsèques les plus honorables qu'ils pourraient. On lui dressa ensuite une chapelle ardente et des funérailles dignes d'un grand Capitaine et de ceux qui les faisaient faire.

Les consuls donnèrent la charge de faire les cierges pour ce service solennel à un certain François de Manetto, apothicaire, un bon vieillard et homme de bien. Celui-ci fut par la suite accusé auprès des consuls d'avoir falsifié la cire parce qu'en brûlant elle pétillait toujours. Sur quoi maître François fut cité devant les consuls, où il défendit sa cause le mieux qu'il put. Mais l'envie de ses accusateurs prévalut et les consuls étaient en délibération de le condamner à deux cents ducats d'amende et à la perte de sa cire qui montait environ à mille huit cents livres. Toutes ses connaissances, le grand nombre de ses amis ni leurs fréquentes recommandations ne lui servirent de rien ; de manière que le pauvre homme était en train de désespérer.

La chose étant en cet état, le curé Arlotto arriva de Florence à Pise, un jour avant que la sentence devait être rendue et comme maître François était de ses meilleurs amis, il descendit tout droit chez lui.

Le trouvant de mauvaise humeur, il voulut en savoir la cause, ensuite de quoi il résolut de servir son ami. Il n'eut pas plutôt dîné qu'il alla trouver les consuls, qu'il connaissait fort particulièrement. Après plusieurs compliments et caresses ils lui demandèrent s'il n'avait pas besoin de leurs services parce qu'ils s'y emploieraient très volontiers. Le curé répondit qu'il n'en doutait nullement et que pour ce sujet il était venu en confiance vers eux pour les supplier de l'obliger en une affaire de justice. Ensuite de quoi il leur dit :

– Je suis vieux comme vous voyez, j'ai vu dans ma vie commettre une infinité de grandes fautes. Il n'y a pas longtemps qu'on mit en justice un faiseur de cervelas pour avoir mêlé dedans de la chair d'âne et de cheval, ne manquant pas de les vendre comme bons et faits de chair de porc. Il fut condamné à une grosse somme d'argent et de plus fouetté et banni ; en quoi selon mon jugement on lui fit grand tort.

» Et si j'eusse été pour lors à Florence, il n'y a point de doute que j'eusse entrepris sa défense et eusse fait voir à tout le monde que cet homme n'avait point failli, d'autant que prenant des boyaux pleins d'ordures et de vilenies, il les lavait et nettoyait et puis il les remplissait de chair de porc, mêlée de chair d'âne et de cheval, avec du poivre et de bonnes épices. Devait-on appeler cette action une méchanceté ou une tromperie ? Ôter des vilenies et des puanteurs pour remettre en leur place des choses bonnes et odoriférantes ? S'il y eût mêlé des choses plus méchantes que celles qu'il ôtait, cela sans doute eût été une tromperie ou fausseté.

» J'ai ouï dire que vous autres messieurs voulez faire une semblable faute en condamnant maître François Manetto apothicaire, l'un de vos bons bourgeois, pour avoir fourni de la cire falsifiée pour le service du capitaine Villemarine. Il n'est pourtant pas croyable, de façon quelconque qu'il ait fait cela, vu qu'il y a cinquante ans qu'il est habitant de cette ville, sans avoir commis aucune faute, ni qu'il ait repris en justice devant aucun magistrat. D'où vous pouvez facilement conclure que ce ne sont que des calomnies que des envieux lui mettent sur le dos.

» Car, messieurs, si la cire pétillait, ce n'était pas que la cire fut falsifiée ou autrement altérée. Mais parce que le seigneur Bernard a été le plus grand capitaine de mer de notre temps, comme cela est connu de toute l'Italie. Et que pour ce sujet, il ne manquait pas d'envieux, il n'y avait presque personne qui s'attristât de sa mort : son neveu le désirait pour avoir ses biens et le commandement de l'armée navale, les soldats pour avoir un nouveau capitaine et vivre dans une plus grande liberté.

» S'il fût mort en Catalogne, sa femme, ses parents et ses amis l'eussent pleuré, mais ne se trouvant pas par-deçà personne qui jette une seule larme, la cire mue de compassion à cause de ses grandes vertus, a bien voulu se plaindre en pétillant, pour témoigner la douleur qu'elle avait de la perte d'un si grand personnage. Ce n'a donc pas été une méchanceté ni une tromperie de maître François, ç'a plutôt été un instinct divin de la cire. Prenez la peine, messieurs, de bien considérer ce que je vous ai dit et vous trouverez que j'ai raison.

Le discours du curé plut si fort aux consuls qu'ils jugèrent dans la foulée maître François absous, le mettant hors de cour et de procès et lui payèrent ensuite toute sa cire, sans lui faire perdre un double[16].

## 9. Le curé Arlotto prend des ferrailles au curé de Cercina

Le curé Arlotto alla un jour dîner avec messire Antoine, curé de Cercina. Après dîner, ils tombèrent d'accord d'aller vers le soir à saint Créci chez messire Arlotto, curé de ce lieu-là. Mais d'autant que messire Antoine avait coutume de toujours dérober quelque chose au curé ou pour le moins lui faire quelque tour dont il pouvait à peine se garantir ; avant de partir messire Arlotto entra dans une chambre basse où il y avait une quantité de ferrailles toutes neuves, à cause que messire Antoine faisait bâtir là-dedans ; il attacha à sa ceinture près de quarante livres de ferraille, comme des verrous, ganses, ferrures, clés, anneaux et choses semblables. Il en sortit sans être aperçu de personne et comme il avait un grand manteau, on ne pouvait pas voir s'il avait quelque chose sur lui. Quand ils furent en chemin, messire Arlotto dit :
– Messire Antoine, il me semble qu'il est dorénavant temps de nous amender de nos fautes, nous sommes tous deux vieux et de tout temps bons amis. Nous avons pris plusieurs choses l'un à l'autre, quelques fois pour rire, d'autres fois par méchanceté. Il se trouve que vous m'en avez pris davantage que moi à vous, c'est pourquoi ce serait bien fait de nous donner l'absolution réciproque et qui tient tienne et qui a perdu, à son dam.
Messire Antoine dit qu'il était content, dans la croyance que son compagnon avait reçu le plus grand dommage. Ayant pour ce sujet

---
16  Monnaie valant deux deniers. (NdT)

mis pied à terre, ils entrèrent dans une église où, avec les cérémonies requises, ils se donnèrent réciproquement l'absolution de toutes les offenses passées et de toutes les choses prises de part et d'autre, jusques à cette heure-là inclusivement, afin que dorénavant chacun pût posséder en bonne conscience tout ce qu'il avait pris. Cette action faite, ils se baisèrent, s'embrassèrent et sortirent de l'église. Alors le curé Arlotto ôta son manteau pour montrer à son camarade tous les ferrements qu'il avait pris chez lui, en disant :

– Voilà qui est compris dans notre traité et dans l'accord que nous venons de faire ensemble.

Ce fut néanmoins un désagréable spectacle à messire Antoine, qui fut contraint d'avaler cela et de prendre patience.

## 10. Le curé offre une mauvaise nuit à quelques paysans

Le curé s'en retournant une fois de Casentin, logea un dimanche soir au pont de Suavé[17], fort harassé et bien mouillé, à cause qu'il avait plu tout le jour. Étant descendu de cheval, la première chose qu'il fit, fut d'aller chercher le feu ; immédiatement plus de trente paysans qui étaient à la taverne pour boire et se récréer, comme font ces gens-là les jours de fête, s'approchèrent aussi du feu parce qu'il faisait froid.

Ils se tenaient si serrés et pressaient tellement le curé, que le pauvre vieillard ne pouvait ni se chauffer ni s'essuyer. C'était en vain que l'hôte et lui tâchaient de les détourner, nulles remontrances, nulles belles paroles ne pouvaient porter ces ruraux à faire place au curé. Ce qui le fit concevoir en lui-même quelque stratagème pour se défaire d'eux. Pour cet effet, il feignit tout à coup le pensif et mélancolique sans plus dire un seul mot ; l'hôte qui le connaissait pour un homme jovial, fut étonné de ce changement, et ne put s'empêcher de lui en demander la raison :

– Qu'avez-vous, monsieur le curé, d'être ainsi transporté de tristesse, contre votre naturel ? Si vous vous trouvez mal, dites-le librement, il n'y a rien que je ne fasse pour votre service.

---

17  Pontassieve, bourg de Toscane, et à 4 lieues de Florence, sur le Sieve.

Le curé lui dit :

– Il m'est arrivé une grande disgrâce un peu avant la nuit. Il m'est tombé environ trente livres de monnaie blanche et vingt-cinq vieux ducats en or. J'ai néanmoins quelque espoir de tout retrouver, étant assuré qu'ils ne sont perdus que sur les derniers cinq milles. J'ai bu un coup à Burselli et en remontant à cheval, la fauconnière[18] s'est déchirée après un ardillon de l'arçon, ce à quoi je n'avais pas pris garde. Ainsi mon argent est tombé pièce à pièce par ce trou-là. Mais je sais qu'à cause du mauvais temps et de la nuit, personne ne m'a suivi. Je voudrais vous prier de me faire le plaisir de vous en venir demain dès le matin avec moi, ou bien de me trouver quelques hommes de bien pour m'accompagner, espérant que par la grâce de Dieu, il n'y aura rien de perdu.

Le curé n'avait pas encore bien achevé son discours que ces paysans commencèrent à se retirer et à se défiler sans bruit par deux, par quatre, par six, de sorte qu'en peu de temps il n'en resta plus un seul. Ils s'assemblèrent néanmoins au-dehors pour tenir un conseil secret où il fut résolu qu'ils iraient chercher cet argent.

Qui prit une lanterne, qui un falot, qui de la paille et tous couverts de leurs manteaux, sans se soucier du mauvais temps ni de la pluie ni de l'obscurité de la nuit, se mirent à la quête de cet argent chimérique, qui leur donna pour récompense une mauvaise nuit. Le curé, pendant ce temps, se chauffait à son aise, se moquant des paysans qui étaient payés avec usure de leur incivilité et avarice.

## 11. Le curé marque ses consommations sur la muraille

Le curé alla au-devant de messer Falcone qui revenait de France et parce qu'il y avait du bon vin à l'auberge de la Pipée, il s'y arrêta pour faire collation. Le seigneur Falcone l'ayant trouvé en cet état, but un coup avec lui et puis il se pressa de partir, commandant à son dépensier de payer l'hôte. Le curé ne le voulut pas, il prit un charbon et marqua deux rayures contre le mur et dit à l'hôte :

---

18 Gibecière séparée en deux que l'on met à l'arçon de la selle pour porter de menus objets. (NdT)

– J'ai marqué deux flacons de vin.

Quand ils furent à cheval, le seigneur Falcone lui demanda pourquoi il aimait mieux marquer sur la muraille que de payer l'hôte.

-- Nous sommes d'accord, répondit le curé, de faire de la sorte ; nous avons bien d'autres comptes à faire ensemble. Car j'y vais souvent ; au bout de l'an nous arrêtons nos comptes, je lui donne du grain en paiement et de la paille, jamais il n'y a eu aucune difficulté entre nous.

– Il me semble que vous pourriez facilement être trompé, répliqua maître Falcone, il ne tiendrait qu'à l'hôte de doubler les marques.

– Et il ne tiendrait qu'à moi d'en effacer les trois quarts ; à propos de quoi il faut que je vous fasse un conte.

» Un Véronois peu expérimenté demeura pour ses affaires environ trois mois à Lucques, logé chez un hôte qui ne savait pas écrire. Il lui faisait néanmoins crédit et pour se souvenir de tout, il allait marquer avec la pointe d'un couteau les repas et les gîtes sur une porte. Le Véronois prêt à partir demanda le compte à son hôte ; mais en comptant ils vinrent à des résultats différents quant aux dépens, ce qui les fit aller devant le podestat.

» L'étranger niait avoir fait autant de repas que l'hôte en comptait, disant qu'il avait souvent jeûné ou mangé dehors. Le podestat dit à l'hôte qu'il fallait qu'il vérifiât son compte ; ce dernier répondit qu'il ne pouvait le vérifier autrement que par quelque mémoire qu'il avait au logis. « Allez donc le quérir, fit le podestat. »

» L'hôte s'en alla au logis, détacha la porte de la chambre, la chargea sur son dos et non sans grande peine la porta dans l'auditoire où il montra au podestat les marques qu'il avait faites avec la pointe de son couteau. Le juge, voyant la naïve simplicité de l'hôte, condamna l'étranger à payer son compte

C'est pourquoi je fais mes marques sur la muraille, afin que si nous entrons en quelque différend, mon hôte ne puisse pas apporter en jugement, comme celui de Lucques sa porte.

## 12. Quels sont les artisans les plus nets ?

On disputait un soir en bonne compagnie qui étaient les plus nets et les plus honnêtes de tous ceux qui exerçaient des métiers. Chacun en parlait selon son opinion et quand vint le tour du curé Arlotto d'en dire la sienne, il dit :

– Ce sont les fourniers et les tuiliers qui sont les plus honnêtes de tous les artisans.

Tous se mirent à le siffler, leur étant avis qu'il se trompait grandement. Il ne laissa pas de continuer :

– Telle est mon opinion et quoique vous en riiez, je ne la changerai pourtant pas. Voici mes raisons : ceux qui manient d'ordinaire de la terre, du mortier ou de la poterie sont plus propres que les autres parce qu'ils ne vont jamais chier sans se laver d'abord les mains.

Alors chacun avoua que le curé disait la vérité.

Le même disait fort souvent en forme de proverbe : amour de putain, caresses de chien, compliments d'hôtes, te coûteront sans faute – ce qui a toutefois meilleure grâce en italien.

## 13. Le curé fait rendre subtilement une sentence en faveur de son ami

Le curé Arlotto s'en revenant de Rome, fut retenu en passant à Sienne par l'archiprêtre de la ville son ami, qui le jour suivant, fit les noces d'un sien neveu, où il y avait une belle assemblée de dames, de cavaliers, de docteurs et gentilshommes et où quantité de bonnes choses furent dites. À la fin, l'archiprêtre demanda à un des docteurs comment il en irait de l'affaire de son neveu.

– Je crains qu'elle aille fort mal, fit le docteur, et que bientôt il y aura sentence contre lui, laquelle étant la troisième et la dernière, il n'y aura plus d'appel ni aucun remède.

Ils s'entretinrent longtemps sur cette matière, le curé écoutant tout avec une grande attention et quoique les autres fussent tristes, il se prit à rire. L'archiprêtre lui demanda pourquoi il riait ?

– Parce, fit-il, qu'encore que je n'aie pas entendu toutes les circonstances du fait de votre neveu, il me semble néanmoins qu'il n'est pas difficile de lui faire gagner son procès. Et afin que je puisse vous en parler avec plus de certitude, faites-moi le plaisir de me réciter cette aventure d'un bout à l'autre.

L'archiprêtre appela son neveu pour lui dire qu'il eût à narrer au curé tout ce plaidoyer et l'origine du procès, lequel parla de cette sorte :

« Il n'y a pas longtemps que trois compagnons corsaires, après avoir bien fait affaire sur mer, se résolurent de quitter ce vilain métier et de se retirer en quelque lieu de repos et de sûreté pour eux. Se consultant entre eux sur ce sujet, ni Milan ni Naples ne se trouvaient à leur gré, d'autant qu'en ces deux états on n'obéit qu'à un seul. À Rome on examine la vie de chacun. Toutes les nations abordent à Venise et par ce moyen un homme peut y être bientôt reconnu.

» Bref, après un moment de délibération, ils s'accordèrent de se retirer en cette ville de Sienne. Ils vinrent ensuite à notre banque et nous donnèrent à garder huit mille deux cents ducats, ce qui était tout le gain de leurs voleries à condition toutefois que je ne leur en payerais aucun intérêt et que je ne leur rendrais pas ladite somme qu'ils ne fussent tous trois ensemble.

» J'écrivis ces choses sur mon livre de comptes et quand ils me demandèrent quelque argent, ils s'en venaient à moi tous trois de compagnie. Un d'entre eux, plus rusé que les autres, se mit en tête au bout de quelques mois de tromper ses deux compagnons. Pour parvenir à son dessein, un soir il leur parle de cette manière : « – Nous vivons en bêtes, nous nous consommons peu à peu. Depuis neuf mois que nous sommes ici, nous avons déjà dépensé cinq cents ducats ; si nous continuons de la sorte, nous verrons bientôt le fond de nos finances. C'est pourquoi je serais d'avis que du reste nous achetions une maison aux champs et quelques terres qui nous rapporteraient du pain et d'autres commodités nécessaires à notre entretien.

» Ce conseil fut approuvé des deux autres qui lui laissèrent la charge de faire tout ce qu'il jugerait être expédient à tous trois. Là-dessus, celui-ci vint me trouver, me disant leur résolution et moi je l'encourageai à poursuivre. Il ajouta qu'il était nécessaire que je tinsse l'argent prêt. Je lui fis réponse que cela dépendait de leur volonté, que je tenais la banque de mon argent sans y mettre le leur et pourvu que j'en eusse l'avis quatre jours auparavant, c'était assez.

» Alors certains gentilshommes d'ici convièrent ces compagnons de s'en aller aux champs pour un mois pour se divertir et se réjouir. Le galant voyant cette occasion propre pour achever la trame de sa tromperie qu'il avait ourdie ci-devant, il s'en vint à moi pour me dire qu'il avait trouvé une belle maison aux champs avec de bons revenus et qu'il allait en conclure le marché ; que pour cet effet je tinsse leur argent prêt.

» Étant retourné au logis, il dit à ses compagnons que l'affaire s'avançait fort. Le temps de la chasse s'approchait cependant et le méchant leur dit le soir précédent :

» – Vous vous en allez demain matin, il faut aller à la banque pour prendre septante ducats pour payer le louage de la maison et pour faire provision de beaucoup de choses nécessaires.

» Les compagnons dirent :

» – Demain matin nous passerons à cheval par là et nous donnerons notre parole.

» Il s'en vint aussitôt à moi pour me dire que le jour suivant ou l'autre, il viendrait pour l'argent. Cependant les deux autres sollicités par les gentilshommes qui les avaient conviés à la chasse, montèrent le lendemain à cheval et le troisième les fit souvenir de donner la commission de l'argent. Ils s'en vinrent donc tous trois me trouver et les deux croyant qu'il n'était question que des septante ducats dont ils étaient d'accord et sans penser à aucune malice, me dirent :

» – Donnez à notre camarade ce qu'il veut et ce qu'il vous demande.

» Comme ils étaient pressés de s'en aller, il leur fit réponse que je ferais ce qu'il faudrait, entendant de toute la somme, ainsi que j'en avais été informé par ce faux renard qui ne manqua pas de venir le lendemain chez moi pour recevoir tout l'argent qu'il leur restait, avec lequel il s'en alla si bien qu'on n'a jamais pu savoir depuis de qu'il était devenu.

» Un mois plus tard, les deux autres retournés de la chasse et ne retrouvant pas leur compagnon, s'en vinrent droit à moi pour me demander leur argent. Je leur contai ingénument tout et comme je croyais qu'il était allé prendre possession de la maison qu'il avait achetée aux champs.

» Pour le faire court, se croyant abusés, ils me mirent en procès pour les deux tiers qui leur appartenaient. Ensuite de quoi, j'ai déjà eu deux sentences contre moi, étant assigné lundi, pour recevoir la troisième. Je ne compte point pour rien que ce procès me coûte déjà deux cent cinquante ducats. »

Alors le curé dit :
– Je ne saurais assez m'étonner que tant de fameux jurisconsultes, qui ont vu votre procès, vous laissent périr en une si bonne cause et bien que je ne sois ni procureur ni avocat, j'entreprends de vous faire sortir avec honneur et profit de cet embarras pour deux paires de chapons.

Tous les docteurs qui étaient de ce festin demeurèrent fort étonnés et persuadés que le curé était un railleur ou un fou, s'en allèrent. Le lundi, l'archiprêtre dit au curé :
– Allons entendre nos misères dans la dernière sentence qu'on va prononcer contre mon neveu.

Le curé néanmoins s'en moquait, disant au banquier :
– Prenez seulement avec vous votre livre de comptes, et vous en venez à l'auditoire.

Les parties adverses entrèrent avec leurs procureurs et leurs avocats, où vinrent encore plusieurs gens de droit, des écoliers, des notaires et autres citoyens pour ouïr plaider une cause si onéreuse et si difficile. Chacun s'étonna que le curé dût entreprendre de défendre une telle affaire. Le podestat étant arrivé à son siège, après que les parties eurent longtemps plaidé en pleine audience, se résolvait à rendre la sentence définitive contre le banquier, quand le curé s'avança et ayant fait la révérence, parla en cette sorte :
– Magnifique seigneur, bien que je ne sois qu'un pauvre prêtre, si c'est votre plaisir, je ne dirai que quatre paroles sur cette matière.
– Dites tout ce que vous voudrez, fit le podestat.

Le curé continua ainsi son discours :

– J'ai fort bien entendu le nœud de cette question ; c'est pourquoi je ne vous demande rien en faveur du banquier, sinon que vous vouliez lire cette partie écrite sur son livre, où les trois compagnons sont débiteurs et créditeurs tous ensemble.

Le podestat lut l'article qui disait : ''Tel et tel doivent avoir tant et tant de ducats d'or en or et argent qu'ils nous donnent, est gardé et réservé, à condition qu'ils doivent n'en avoir aucun intérêt ni discrétion et à charge que je ne dois ni ne peux payer ni petite ni grande somme, si ce n'est de la volonté et de la propre parole de tous trois ensemble, laquelle somme je dois leur rendre à leur volonté et première requête.''

Cela lu, le podestat demanda aux deux compagnons si la chose n'était point passée et convenue entre eux de la sorte ; ils répondirent que oui. Sur quoi le curé leur demanda :

– Voulez-vous que M. le podestat contraigne le banquier à observer de point en point cette convention ?

– Nous ne demandons pas autre chose, firent-ils.

– Bien, répliqua le curé, vous avez entendu ce qu'ils disent. Le banquier donc déclare dès maintenant que soit qu'il ait tort ou raison, il ne veut plus plaider, mais il veut que les conditions s'observent. Il s'offre de payer encore une fois ladite somme à la charge que vous serez tous trois ensemble, sans cela il ne veut rien payer.

Le podestat trouva la subtilité du curé admirable, qui avait eu l'intelligence de découvrir un point que personne n'avait pu trouver. Ensuite de quoi il jugea en faveur du banquier, ajoutant à la sentence qu'il ne paierait rien si tous les trois n'étaient présents à donner leur parole. Il n'y eut personne qui n'admirât le curé, lequel après cette victoire, retourna glorieux à Florence. Le banquier gagna et les compagnons perdirent tout comme du bien mal acquis. Ce qui les fit abandonner la demeure de Sienne, pour aller vivre pauvrement ailleurs.

## 14. Le curé fait gagner dix sous à un boucher surnommé Quatresous

Le curé s'en alla un samedi matin à la boucherie pour acheter de la chair, accompagné d'un sien ami, pour l'heure logé avec lui. Et quoiqu'il n'eût point d'argent, il était néanmoins résolu d'avoir la chair de quelque façon que ce fût. Il s'en alla à cet effet à l'étal de Simon le boucher, surnommé *Quatresous*, auquel il fit ce discours :

– Vous savez qu'il y a longtemps que nous nous connaissons et pour l'amitié qui est entre nous, je veux vous faire gagner tous les jours dix sous et davantage si vous voulez, mais il faut qu'il vous en coûte quelque chose.

– Je vous donnerai ce que vous voudrez, Quatresous répondit.

– Je ne veux pas beaucoup, dit le curé, je me contenterai cette fois de quatre livres de chair de veau et je vous enseignerai le secret.

Aussitôt le boucher lui livra cinq livres et quelques onces de veau, et le curé l'ayant envoyé au logis, dit :

– On vous appelle Quatresous, faites-vous appeler *Quatorzesous* et moi je veux être le premier ; ne répondez jamais si on vous appelle autrement.

Quatresous vit bien que le curé s'était joué de lui, toutefois il prit patience. Le curé fit bonne chère à son ami avec cette chair. Il est vrai que sachant que le boucher était pauvre, la moisson venue, il lui envoya une charge de blé[19].


## 15. Le curé pour obtenir une sentence favorable serre la cuisse d'un poulet

Messire Antoine de Cercina fut choisi pour arbitre entre le curé Arlotto et certains paysans riches, pour quelque différend entre eux. Le curé s'en étant allé un jour chez lui, pour lui recommander sa cause, il y eut aussi une femme qui lui apporta une paire de poulets et après avoir conté son fait, elle s'en alla. Le curé lui dit alors :

---

19 Voir les *Aventures de Till l'Espiègle*, chap. LX : *Comment Ulespiegel escamota un rôti aux bouchers d'Erfurt.*

– Vous ne faites jamais autre chose que dérober.

– Vous feriez mieux d'acheter ces poulets, lui répondit messire Antoine, parce que je vous en ferai un bon prix.

Le curé les ayant achetés, messire Antoine lui dit ensuite :

– Chacun ne fait pas comme vous qui êtes un ingrat ; cette femme n'a reçu qu'un petit plaisir de moi, cependant elle m'a donné cette paire de poulets. Vous savez combien de peine j'ai eu pour ce différend que vous avez, néanmoins vous êtes à m'en dire le premier grand merci. Que ne me donnez-vous donc ces poulets que je viens de vous vendre.

– Si par ce moyen je peux gagner ma cause, prenez-les, à la bonne heure.

Tandis qu'ils tiennent ces propos, voici arriver les adversaires du curé, et messire Antoine, surpris, dit au curé qu'il se cachât promptement, de peur qu'il ne fût aperçu par ces gens-là. Le curé ayant donc encore ses poulets entre les mains, se mit derrière une cloison de planches, d'où il pouvait entendre tous les discours de messire Antoine et de ses adversaires. Il vit pareillement que ces paysans lui présentaient deux paires de chapons gras et de perdrix.

Hélas, fit-il alors en lui-même, mes affaires n'iront pas bien. Les paysans cependant ne perdirent point de temps, ils disaient tout ce qui servait à l'avantage de leur cause, si bien que messire Antoine penchait quelque peu de leur côté. Ce qu'entendant le curé, il serrait si fort les cuisses à ses poulets qu'ils faisaient grand bruit. Cela fâchait fort messire Antoine, qui voulut bien se défaire de ces paysans, faisant pour cet effet tout ce qu'il pouvait.

Aussitôt qu'ils s'en furent allés, il dit au curé :

– Que diable faisiez-vous à ces poulets ? vous avez failli me perdre de réputation.

– Les chapons et les perdrix, répliqua le curé, ont plus de pouvoir sur vous que l'amitié qui est entre nous depuis cinquante ans, ni que sur les plaisirs que je vous ai jamais faits. Les poulets que je vous ai donnés ont bien reconnu cela et à ce sujet ils ont eu la délicatesse de vous faire souvenir de mon bon droit. Toutefois si vous ne rendez pas la sentence en ma faveur, je ne ferai plus crier les poulets, je crierai moi-même si haut que je me ferai entendre de tout le monde.

## 16. Bon tour du curé à un présomptueux Florentin

Le curé retournant de Fabriano où le Pape Nicolas et toute la Cour de Rome s'était retirée à cause de la peste[20], prit résolution avec quatre Florentins de s'en aller à Notre-Dame-de-Lorette et à Ancône. Arrivés un soir à Macerata, le curé s'avisa qu'un de ces Florentins était fort fâcheux et présomptueux, qui voulait toujours être le premier à table et à parler, quoiqu'en toutes les actions il faisait preuve de n'avoir point de jugement, ce qui le rendit désagréable à toute la compagnie.

Pour ces causes, le curé résolut de s'en défaire par quelque jolie invention : aussitôt que les autres furent tous au lit, et les chandelles éteintes, il se releva sans bruit et chia dans les bottes de cet homme-là, lequel avait coutume de mettre un peu de son chaud dans ses bottes pour conserver la chaleur de ses pieds ; ce qui fut la cause qu'il se botta sans se méfier. Le curé néanmoins fut le premier à cheval, disant qu'il s'en allait toujours devant pour dire son office et que par le même moyen il ferait préparer le dîner à Lorette afin que sans perdre de temps ils pussent encore ce jour-là arriver à Ancône.

Dès qu'il eut mis pied à terre à Lorette, il dit à l'hôte :

– Nous sommes cinq qui venons dîner ici, faites-nous le meilleur repas que vous pourrez et si vous avez quelque chose de bon, faites-nous en profiter. Mais il faut que vous me fassiez un plaisir ; il y a un juif qui depuis trois jours s'est mis en notre compagnie, qui est un impertinent, un vrai babillard et si arrogant qu'il veut toujours manger avec nous et outre cela prendre encore le haut bout de la table. Je voudrais que comme de vous-même, sans qu'il paraisse que cela vienne de nous, vous trouviez l'invention qu'il ne mange plus en notre compagnie. Et afin que vous le reconnaissiez mieux, il monte un

---

20 La peste désola l'Italie en 1450 : l'affluence des pèlerins venus pour le jubilé avait concentré dans Rome le foyer de l'épidémie, ce qui obligea le pape, dès qu'il eut terminé les solennités d'ouverture, à se retirer à Fabriano, dans la Marche d'Ancône. C'est alors que Pogge écrivit les *Facéties*, en des circonstances analogues où naquit le *Décaméron*. Thomas Parentucelli ou de Sarzana, né dans le bourg de ce nom, fut élu Pape sous le nom de Nicolas V, le 6 mars 1447 et mourut le 24 mars 1455.

cheval bai, il porte un balandran[21] violet, une barrette rouge, une vraie mine de juif, et surtout si vous l'approchez, vous sentirez qu'il est plus puant qu'un putois.

– Monsieur, répondit l'hôte, je suis de la Marche, c'est tout dire. Laissez-moi faire, je l'accommoderai en sorte que de huit jours il ne vous fera point d'ennuis.

Cela fait, le curé alla ouïr la messe à Notre-Dame, ce que les compagnons firent pareillement quand ils furent arrivés ; de là ils s'en retournèrent à l'hôtellerie et le dîner étant prêt, l'hôte voulut leur donner à laver (les mains) ; le présomptueux ne manqua pas de se présenter le premier à prendre l'eau. Et d'autant que le parfum qu'il avait dans ses bottes s'était échauffé, il puait si fort que personne ne pouvait l'approcher. L'hôte sentant cette puanteur et reconnaissant son homme aux signes que le curé lui avait donnés, lui dit :

– Holà ! n'approche pas tes mains, je ne veux pas que tu manges avec ces gens d'honneur.

Voilà la noise allumée entre eux deux, l'hôte voulut le frapper en disant :

– N'as-tu point de honte, vilain juif, traître infâme ?

Jedice, ainsi s'appelait l'impertinent, lui répondit :

– Je suis meilleur chrétien que toi.

A ces paroles, l'hôte entre en furie, le prend par le bras, criant :

– Viens ça, moschy[22], ennemi de Jésus-Christ, tu veux dire que tu n'es pas juif et tu pues le retrait[23] plus qu'un chien.

Jedice voulait s'en aller et l'hôte lui disait :

– Va-t'en au diable, race maudite, mais paye-moi.

Le curé et les camarades se baignaient d'aise de voir cette farce. Et Jedice choisit pour le meilleur parti, de ne plus contester avec l'hôte, se contentant de manger à une petite table de valet. Il souffrit beaucoup et paya plus que les autres, sans compter plusieurs coups de poing que l'hôte lui donna ; étant en cette angoisse, il ne savait à

---

21  Balandran ou balandras, ancien manteau.

22  Très certainement une altération de Moshé, ou Moïse, prénom judaïque. (NdT)

23  Les lieux d'aisance. (NdT)

qui s'en prendre, quoiqu'il jugeât en son âme qu'il fallait que cela vînt de ses compagnons, de quoi il fut grandement affligé. Aussi, après en avoir témoigné quelque ressentiment et colère, il les quitta et jamais depuis il ne voyagea avec eux. Arrivant le soir à Ancône, il logea chez un de ses amis marchand Florentin, et un valet voulant le débotter, sentit en cet office une si grande puanteur en retirant la botte parfumée qu'il tomba évanoui à la renverse.

## 17. Le curé met un grand carreau de pierre de taille sur le sieur Ventura malade

Le sieur Ventura, grand ami du curé, était gravement malade ; ce dernier allant le voir, le trouva dans un si fort accès de fièvre qu'il lui dit :
– Monsieur le curé, je meurs de froid, de grâce couvrez-moi de quelque chose, car ces gens ici se moquent de moi.
Le curé voyant qu'il avait déjà sur lui tout ce qu'il y avait de hardes au logis et ne trouvant plus rien, s'en alla au jardin où avec l'aide de quelques paysans qui par hasard se trouvaient là, il porte une grande pierre de taille carrée qui servait parfois de table en été et la mit sur le malade. Auquel il demanda ensuite s'il était assez couvert et le sieur Ventura fit réponse :
– Je vous remercie, venez me visiter quelquefois.
Le curé, après l'avoir consolé et assuré qu'il ne pouvait pas longtemps demeurer en cet état qu'il ne meure ou qu'il ne guérisse, s'en alla. La fièvre quittant pareillement le malade et la chaleur prenant sa place, le bon Ventura voulut se décharger des hardes qui étaient sur lui. Mais quand il aperçut cette grande pierre de taille, il se prit à crier que la maison était tombée sur lui[24].

## 18. Question du curé faite à un présomptueux

Il y en avait un qui voulait passer pour sage et habile homme, qui

---
24 Entre nous soit dit, l'histoire est un peu tirée par les cheveux, car une telle dalle représente un bon poids qui aurait écrasé le pauvre Ventura (NdT)

syndiquait toutes les actions et paroles des autres. Le curé pour se moquer de lui, feignit d'être grandement en doute de quatre choses, le priant de vouloir l'en éclaircir.

Savoir pourquoi la mer ne croissait jamais alors que tant de rivières y entraient et ensuite demandant la raison pourquoi les eaux de ces rivières étant douces, elles devenaient salées dans la mer. Pourquoi les souris ne se crevaient pas les yeux en se promenant par les paillasses. Pourquoi les pauvres ne se jetaient pas sur les riches, vu qu'ils étaient en plus grand nombre. Et enfin pourquoi les boyaux ne tombaient pas aux hommes, quand ils montaient un escalier ou qu'ils dansaient. Le présomptueux ne sachant pas résoudre ces belles questions, n'osa plus parler devant le curé.

## 19. Vengeance du curé sur un charlatan

Les galéasses[25] florentines étant de retour de Flandre, le curé faisait un jour ses comptes à Pise avec le Monciatte, qui avait été le courrier[26] de certaines marchandises qu'ils avaient eues ensemble. Ils étaient pour cet effet dans la loge[27] des Catalans, tandis que maître Mariano de Sienne montait sur les planches pour un spectacle tout près de cette loge, lequel Mariano à son ordinaire, racontant une belle aventure, était interrompu par le bruit que faisaient le curé et Monciatte au sujet de leur compte. De sorte qu'il se fâcha et dit à ses auditeurs :

– Il faut un peu laisser cette plaisante nouvelle que j'avais commencée, pour vous entretenir d'autres choses. Il y a, fit-il, trois sortes de bêtes. L'une mange et ne boit pas, comme le ver, qui fait sa

---

25  La galéasse ou galéace est un grand navire à trois-mâts à voiles latines et rames, dérivé des galères, mais plus grand que ces dernières. Inventées et utilisées par les Vénitiens pour le commerce à la fin du XIIIe siècle, les galéasses sont par la suite utilisées comme navires de guerre comme à la bataille de Lépante en 1571, puis destinées à lutter contre les galères ordinaires ou escorter les transports de marchandise.

26  Plutôt courtier ? (NdT)

27  Galerie couverte où l'on se réunissait pour traiter les affaires.

demeure dans le bois qu'il ronge. L'autre boit et ne mange pas, ainsi que fait le moucheron qui est toujours autour du vin. La troisième espèce est la cigale, qui ne boit ni ne mange, ne s'amusant qu'à chanter : si vous ne me croyez pas, voyez ces deux personnages près d'ici, qui maintenant ne mangent ni ne boivent, mais jasent de telle sorte que je ne saurais finir notre histoire.

Le curé et son compagnon étaient si attentifs à leurs comptes qu'ils n'entendirent rien de ce que le charlatan disait d'eux et après avoir arrêté leur fait, ils s'en allèrent chacun à leur affaire. Quelques-uns de ceux qui avaient été à l'audience du Montinbanque[28] dirent au curé ce qu'il avait dit de lui ; lequel croyant avoir reçu un affront en public, décida de s'en venger.

Le dimanche suivant, Mariano ayant commencé à *charlataner* au bout du vieux pont de Pise, le curé s'en alla à Saint-Michel[29], où ayant appelé un marguillier, il lui donna un jule[30], à condition que, quand il lui ferait un signe, il sonne fortement les cloches du feu, et qu'il ne cesse pas de sonner qu'il ne le lui dise. Le marguillier, qui était bon compagnon, promit de ne point y manquer. Le charlatan cependant avait achevé son discours pour assembler le peuple et avait déjà pris ses boulettes de thériaque[31] en main, pour les vendre dans l'espoir de

---

28 L'italien possède les termes : montambanco, cantambanco, et saltimbanco ; le français n'a conservé que saltimbanque.

29 S. Michele in Borgo, dont la façade remontant au XIII° siècle est attribuée à Agnelli. La voûte s'est écroulée en 1846 suite à un tremblement de terre.

30 Dans l'original : un grosso ; le gros valait au début du XIX° siècle un demi-jule ou trois sous. Le jule, ainsi nommé du pape Jules II, n'existait pas du temps d'Arlotto. (En effet, Giuliano della Rovere, né le 5 décembre 1443 à Albisola près de Savone et mort à Rome dans la nuit du 20 au 21 février 1513, est un homme d'Église. Successivement évêque de Carpentras, Lausanne, Coutances, puis de Viviers et enfin archevêque d'Avignon, il fut élu pour devenir le 216e pape de l'Église catholique le 1er novembre 1503 sous le nom de Jules II à la suite du conclave d'octobre 1503. Il conserve sa charge jusqu'à sa mort en 1513. - NdT).

31 Au IIe siècle, le médecin grec Gallien invente la thériaque, qui est le premier antidote contre les poisons. Elle était réputée efficace contre l'empoisonnement avec le pavot, ciguë, jusquiame, aconit ; contre la cantharide, la morsure de la vipère, du chien enragé, contre la piqûre du scorpion et autres animaux venimeux, contre les empoisonnements et toutes sortes de venin. Elle aurait été efficace

faire une bonne récolte, à cause que l'assemblée était grande, quand le curé fit le signe au marguillier qui ne manqua pas de sonner au feu à toute volée.

Tout le peuple qui entendit cela, sans s'attendre plus à autre chose, se mit à courir qui d'un côté qui d'un autre, s'enquérant partout en quel endroit était le feu. Ainsi Mariano demeura tout seul fort fâché et confus de ce que ce jour-là, il n'avait pu débiter ses drogues. Ayant depuis appris d'où lui venait ce désastre, il fit la paix avec le curé, lui donna à dîner et lui rendit le jule qu'il avait donné au marguillier, de peur qu'il ne lui refît quelque autre niche, pour se venger plus à plein de lui.

## 20. Bon tour du curé fait à un prêtre à Bruges

Un prêtre de Florence placé par le curé comme chapelain sur les galéasses, aussitôt qu'on donnait à terre, voulait acheter tout ce qu'il voyait, avec un fonds de cinquante écus, de même que s'il en eût eu par milliers. Arrivé à Bruges, il tourmentait continuellement le curé pour savoir quelles choses il fallait acheter pour y gagner plus ; de sorte qu'il lui était à charge. Il résolut néanmoins de le contenter dans ses aventures.

C'est la coutume de ce pays-là que, quand on veut exécuter quelqu'un à mort, on lui donne une robe de fin drap ou de soie en été et en hiver on la double de fourrure verte ou jaune. Quand l'exécution est faite, c'est une épave pour le bourreau, qui vend ensuite la robe aux fripiers ; ceux-ci en font bon marché, autrement ils ne trouveraient personne qui voulût l'acheter, parce que les enfants, s'ils voyaient un homme chargé d'une si petite robe, ils l'assommeraient à coups de pierres s'il ne s'en dépouillait pas sur-le-champ.

Le curé n'ignorait pas cette coutume : il demanda donc au prêtre s'il voulait acheter une robe bon marché, et ayant répondu que oui, il le mena chez un fripier, auquel il dit en flamand qu'il apportât une robe de bourreau. Cela étant fait, le curé lui dit :

– Voilà qui vous accommodera fort bien et si la couleur ne vous

---

contre la peste et de nombreuses maladies.(NdT)

plaît pas, vous la ferez reteindre quand vous serez à Florence.

Le prix en fut convenu à quatre écus d'or, quoiqu'elle en valût bien seize. Le prêtre l'essaie et la trouvant bien, voulut l'ôter. Mais le curé lui dit :

– Gardez-la, puisqu'elle ne vous va pas mal, aussi bien vous n'êtes pas connu en cette ville.

S'en retournant de la sorte ensemble, le curé s'aperçut que les enfants avaient remarqué la robe : c'est pourquoi il se tira à l'écart et en même temps cette marmaille s'en prit au prêtre, lui jeta des pierres et toutes sortes d'ordures, lui arrachèrent la robe et la mirent en mille pièces, et si certaines gens ne l'eussent sauvé de leurs mains, les gamins l'auraient assommé. Par ce moyen il fut tellement rebuté d'acheter des marchandises, que jamais plus il n'en parla au curé.

## 21. Plaintes d'un paysan contre le curé

Un paysan eut une fois un grand différend avec le curé, croyant avoir juste sujet de le faire citer devant l'archevêque. Il prétendait avoir été injurié par le curé, parce qu'en sa présence il avait appelé son chien badaud, croyant que cette parole fâcheuse s'adressait à lui. L'archevêque pour faire droit aux parties, voulut que le chien parût pareillement en justice, pour voir si véritablement il s'appelait comme disait son maître.

La chose se trouvant vraie, l'archevêque le mit hors de cour et de procès. Comme ils descendaient les escaliers, le curé grondant encore de colère, dit au paysan qu'il était un vrai *con*[32]. Cette parole fâcha si fort le paysan qu'il remonta aussi sec devers l'archevêque pour se plaindre à nouveau. Le curé fut rappelé et interrogé par l'archevêque s'il lui avait dit une si vilaine injure.

– Monseigneur, dit le curé, cet homme n'est pas sage ; croyez-vous que j'aie dit une telle chose ? Il me déplaît fort qu'il m'estime si peu qu'il m'ait fait venir une fois devant vous pour un badaud et l'autre pour un *con*.

---

32 La traduction originelle de 1873 par Ristehuber transpose le terme *caze* pour l'italien *cazzo* : bite. J'ai donc rectifié et adapté au vocabulaire actuel (NdT)

## 22. Défense du curé contre une plainte (suite)

En ce même temps le capitaine de la garde du palais de Florence envoya au logis d'un prêtre son ami, qui demeurait vers Saint-Barnabé, tout près du curé Arlotto, un bon plat de testicules de jeunes béliers (plat grandement estimé en ce pays-là). Celui qui les portait se trompa de porte et les délivre au curé avec ce compliment :

– Le capitaine de la garde vous envoie ce plat d'*animelles* (ainsi appellent-ils ces choses) vous priant que vous les fassiez frire à cause qu'il viendra dîner avec vous, accompagné d'un sien ami.

Le curé se rendit compte immédiatement que le porteur s'était mépris, il ne laissa pourtant pas de lui répondre de cette sorte :

– Dites à M. le capitaine qu'il vienne à son bon plaisir, je l'attendrai.

Néanmoins, il fit incontinent accommoder lesdites animelles et les mangea avec une paire de ses amis avant que le capitaine pût arriver, lequel à l'heure du dîner alla avec son ami chez cet autre prêtre, lui demandant d'abord s'il n'arrivait pas à la bonne heure ?

– Pourquoi faire ? dit le prêtre.

– Ne vous ai-je pas envoyé ce matin, fit le capitaine, un plat d'animelles et fait dire que je viendrais dîner avec vous ?

– Rien n'est arrivé céans, répond le prêtre, et il y a plus d'une heure que j'ai dîné tout seul.

Le capitaine s'en retourna tout fâché et reconstituant soigneusement le fait, trouva que le curé Arlotto avait reçu le présent, en conséquence de quoi il alla faire ses plaintes à l'archevêque, lequel l'ayant mandé, le reprit assez aigrement. Mais le curé répondit :

– C'est moi, Monseigneur, qui ai juste motif de me plaindre du capitaine ; cet homme de bien m'a ce matin envoyé un plat de *granelli* (ce qui est la même chose qu'*animelles* ou *couillons*) et fait dire qu'il s'en venait dîner avec moi. Je lui ai fait réponse qu'il serait le bienvenu avec telle compagnie qui lui plairait. À cet effet et pour lui faire honneur, j'ai fait acheter un chapon gras et d'autres bonnes viandes, l'ayant attendu jusqu'après midi. En quoi je n'ai gagné rien, sinon qu'il m'a fallu envoyer prier mes amis pour m'aider à manger mes provisions pour ne pas les laisser gâter.

L'archevêque demeura satisfait des bonnes raisons du curé et donna tort au capitaine. Le curé le remercia fort et lui dit :

– J'ai été cité ces jours passés devant vous pour un badaud et un *con*, maintenant pour des couillons ; pour quel sujet me faudra-t-il comparaître une autre fois ?

– N'y venez plus pour quoi que ce soit, lui répondit fort gracieusement l'archevêque, quand bien même je vous ferais appeler mille fois par jour ; mais venez-y de vous-même quand vous voudrez, vous serez toujours le bienvenu.

## 23. Le curé serre en prison le vicaire de Fiesole

Une femme avait fait convoquer le curé devant le vicaire de l'évêché de Fiesole, se plaignant que son fils avait été environ trois ans avec lui comme clerc et qu'en tout ce temps-là il n'avait pas seulement appris l'office de la *Donna*, voulant dire Notre-Dame. Le curé équivoquant sur ce mot de *Donna* qui signifie simplement en italien une femme, répondit qu'il lui avait enseigné et l'office de la femme et de l'homme. De la femme, en lui montrant à faire la cuisine, laver la vaisselle, balayer et faire les lits. De l'homme, servir à table, acheter de la chair et du poisson au marché, étriller et gouverner un cheval et autres choses.

Le vicaire n'eut pas beaucoup de peine à se persuader que le curé se moquait de lui. Il dissimula toutefois ses sentiments et l'entretenant toujours de divers propos, il le mena vers la prison à dessein de l'y faire entrer par quelque ruse. À cet effet, il lui dit :

– Il n'y a personne en prison, monsieur le curé, voyons un peu quelles chambres il y a, je n'y fus jamais.

Le curé ne doutait plus de sa malice et pour la contrecarrer il faisait bonne mine, disant :

– C'est très bien ainsi, envoyez seulement votre bedeau avant pour nettoyer partout.

Quand ils furent à la porte, le vicaire dit au curé qu'il entrât.

– Ah que je n'ai garde, monseigneur, dit le curé, c'est à vous que l'honneur appartient de marcher le premier.

– Entrez, vous le premier, dit le vicaire, je vous en donne la permission.

Le curé demeura ferme sur le respect, protesta qu'il ne ferait jamais cette faute de marcher devant lui. Le vicaire, pour lui prouver qu'il n'y avait point de tromperie, entra librement dedans. Mais aussitôt que le curé vit son oiseau en cage, il les enferma tous deux fort gentiment et emporta les clés avec lui, nonobstant que le vicaire criait sans cesse :

– Ouvrez, monsieur le curé, ce sont là de vos tours.

Il n'avait point d'oreilles ; pour lui, il monte à cheval et rencontrant l'évêque à Prato, lui raconta tout le fait et lui donna les clés de la prison. L'évêque n'en fit que rire, il les y laissa huit jours et loua fort le curé pour son adresse.

## 24. Précepte du curé pour charmer le brouillard

Nastagio Vespucci et Zuta Sarto payèrent un matin la malvoisie au curé, afin qu'il leur apprît à charmer le brouillard ; ce qu'il leur enseigna de cette sorte : « Prenez le matin de bonne heure une tasse de malvoisie ou de vin grec[33], n'importe, et prononcez ces mots :

> Ô brouillard, brouillard matinal,
> Qui fait à un chacun du mal,
> Je prends cette liqueur divine
> Pour me servir de médecine.

Puis avalez gentiment la tasse et le brouillard ne pourra point vous nuire ce jour-là.

## 25. Sermon du curé à la mort de Dom Lupo

Les galéasses de Florence portaient de passage certains gentilshommes catalans, de Naples en Catalogne, desquels il en mourut un, qu'on appelait Dom Lupo. Accident qui les obligea à

---

33 La malvoisie est un vin grec qui croît dans les environs de *Napoli di Malvasia* en Morée.

prendre port dans une certaine ville, pour le mettre en terre et lui rendre les derniers honneurs autant que le lieu et le temps pourraient le permettre.

Le capitaine voulu que le curé fît une oraison funèbre au défunt, de même qu'on faisait à Florence quand il y mourait quelqu'un de la noblesse. Étant à cet effet monté en chaire, il dit succinctement ce qui s'ensuit :

– Par le commandement du capitaine et pour la satisfaction de ces gentilshommes, je vous dirai quatre paroles. Craignez Dieu et suivez ses commandements.

» On a pour coutume de dire quelque chose du défunt, quand il a laissé une bonne réputation de foi dans le monde. Il y a quatre sortes d'animaux entre les autres, qui ont ces différentes qualités. L'un est bon étant en vie et ne vaut rien après sa mort, tel est l'âne. Le second est bon et durant sa vie et après sa mort, comme est le bœuf. Le troisième ne vaut rien tandis qu'il vit, mais il est bon étant mort, ainsi qu'est le pourceau. Le quatrième ne vaut rien ni vif ni mort, qui est le loup.

» Le nom du défunt était Loup et était Catalan, je ne sais pas bien quel bien je pourrais en dire, c'est pourquoi je me tairai. Pax, etc.

## 26. Le curé explique un songe

Un tailleur devenu ami du curé, adroit en son métier mais de fort mauvaise réputation du côté des mains, fut surpris d'une grave maladie. Néanmoins il ne voulait pas se confesser, de quoi il était souvent repris par le curé. Étant en cette obstination, il rêva une nuit qu'il voyait un homme avec dans la main une bannière, de diverses couleurs, qui l'invitait à s'en aller avec lui.

Le tailleur s'étant éveillé en sursaut sur cette vision, envoya illico chercher le curé pour lui interpréter ce songe. Le curé lui dit :

– Parce que tu es obstiné et tu ne veux pas te remettre bien avec Dieu, je ne te dirai rien. Mais si tu veux te confesser, je te dirai franchement ce que signifie cette vision.

Le tailleur, moitié par crainte, moitié par prières, accepta de se confesser. Alors le curé lui dit que ce qui lui avait apparu était un diable, et que cette bannière de toutes sortes de couleurs était toutes les sortes d'étoffes qu'il avait dérobées en taillant des habits. Ce qu'il confessa, avouant qu'en quarante ans continuels il n'avait jamais cessé de dérober.

À quoi le curé lui dit qu'il fallait restituer. Le tailleur répliqua que cela lui était impossible, qu'il ne pouvait pas en rendre la valeur d'un seul denier. Tout mon voisinage, disait-il, ne saurait restituer ce que j'ai dérobé durant ces quarante années-là : jamais je n'ai découpé aucune étoffe que je n'en aie pris ma pièce.

– Bien, dit le curé, fais au moins en sorte que tu ne dérobes plus dorénavant.

– Je ne saurais m'en empêcher, fit le tailleur, je suis tellement accoutumé de prendre qu'en taillant je prendrai toujours quelque peu sans y prendre autrement garde ; si toutefois je pouvais m'en souvenir, je ne prendrais rien du tout.

– Voilà qui ne va pas mal, dit le curé, je te donnerai une solution pour que tu t'en souviennes toujours : quand tu voudras tailler un habit, fais que ce soit toujours en présence d'un de tes apprentis, qui te dira : « Maître, souvenez-vous de la bannière » ; cet avertissement te remettra la vision dans l'esprit et par ce moyen tu ne pécheras plus.

Le tailleur promit de faire de la sorte et d'y donner bon ordre. Continuant donc de travailler à son métier, aussitôt qu'il prenait les ciseaux, l'apprenti lui disait : « Maître, souvenez-vous de la bannière » Par cet avis, il se rappelait aussi de sa promesse et ne faisait plus de tort à personne.

Il ne se passa pas beaucoup de temps qu'un seigneur étranger arrivant à Florence, acheta beaucoup de riches étoffes pour s'habiller et entre autres de la toile d'or. Et d'autant qu'il était des amis du curé, celui-ci fit si bien avec lui qu'il donna cette pratique au tailleur, lequel prenant les ciseaux pour couper la toile d'or, l'apprenti ne manqua pas de le faire se souvenir de la bannière ; mais lui voyant que la toile était si belle et si riche, il dit à son valet : « Tais-toi, il n'y avait pas de cette étoffe parmi les autres ». Ainsi ce fut en vain qu'on le fit souvenir de son devoir, car il en déroba une bonne pièce.

## 27. Le curé s'en retourne à cheval les yeux fermés de peur de retenir le chemin

Messire Antoine de Cercina étant devenu vicaire de l'évêque de Fiesole, s'accompagna du sieur Gieronimo Giugni et du curé Arlotto pour faire la visite pendant un fort beau temps. On leur fit grand honneur à Chianti, au Brolio, à Ricafoli, où ils firent quelque séjour. De là, ils allèrent à la cure de saint Fedele, où ils rencontrèrent messire Jean Spinelli, archidiacre de Florence.

Il n'était encore que l'heure des vêpres, et quoiqu'ils fussent rôtis par la chaleur et qu'ils eussent grand soif, ils ne furent toutefois pas conviés à boire un verre de vin. Tout au contraire, au lieu de les laisser se rafraîchir et leur offrir une collation, messire Jean les mena voir les murailles de l'église et une maison qu'il avait fait bâtir depuis peu ; il leur montra pareillement les vignes et quantité de beaux arbres fruitiers qu'il avait plantés. Toute la rhétorique du curé et sa promptitude à dire des bons mots fut cette fois inutile, jamais on ne leur parla ni de boire ni de manger qu'au moment du souper.

Ce prêtre était fort avare et alors qu'il faisait bâtir et qu'il augmentait les revenus de la cure, il ne dépensait pas un double. Il leur fut donné au souper du vin médiocre, une salade de bourrache et de buglosse[34] qui péguait[35] aussi bien les mains que le palais. Quelques omelettes à la florentine, un plat de fèves et pour la fin du fromage sage. Le curé Arlotto ne put se retenir de dire :

– Messire Jean, vous avez ce soir changé les viandes, sans doute qu'elles n'étaient pas préparées pour vous, elles étaient destinées pour vos bêtes.

Quand ils eurent soupé, messire Jean leur dit :

– Allons-nous-en coucher pour pouvoir nous lever de bon matin.

– Ne soyez pas en soin de cela, répondit le curé, vous nous avez traités si sobrement que nous dormirons fort peu cette nuit.

Ils montèrent de grand matin à cheval et partirent de fort bonne heure. Comme ils étaient en chemin, messire Antoine tourna sa bête

---

34 Une espèce de plantes herbacées de la famille des Boraginaceae, originaire d'Europe et de Turquie.(NdT)

35 Collait, empoissait. (NdT)

vers le curé et voyant qu'il avait les yeux fermés, il lui demanda s'il dormait et pourquoi il marchait de la sorte.

– Non, dit le curé, je ne dors point, je ferme les yeux pour ne point retenir ce chemin afin que je ne puisse jamais retourner à la cure de ce vilain messire Jean, qui nous traita hier comme si nous eussions été autant de faquins.

Continuant ainsi leur chemin, il ne voulut jamais ouvrir les yeux qu'ils n'eussent fait dix milles[36].

## 28. Le curé narre le conte des chats à un prêtre qui avait acheté trop de boules

Un prêtre aucunement parent du curé, s'embarqua sur les galères de la République de Florence pour aller en Flandre, où trouvant à fort bon marché des boules, il en acheta sans demander conseil ni au curé ni à personne, cinq tonneaux pleins, en quoi il employa tout ce qu'il avait d'argent. Croyant avoir fait une bonne affaire, il s'en vint tout joyeux au curé pour lui faire part d'une si bonne nouvelle, lequel en homme sage ne voulut pas blâmer une chose faite ; il se contenta de lui dire que quand ils seraient de retour à Florence, il le fît souvenir du conte des chats du marchand de Gênes.

Les galéasses[37] étant de retour au port de Pise, le prêtre commença à vendre ces boules-là et à Florence remplissant toutes les boutiques du pays avec moins d'un demi tonneau, chacun en étant fourni pour plusieurs années. Considérant alors que, bien qu'en bradant ses prix, il ne saurait en être quitte en vingt-cinq ans, il alla voir le curé pour se plaindre qu'en cette action il n'avait pas pris son conseil.

---

36   « Le petit père André avait prêché pendant tout le carême dans une ville où personne ne l'avait invité à dîner. Il dit dans son adieu : J'ai prêché contre tous les vices, excepté contre la bonne chère, car je ne sais pas comment l'on traite en ce pays-ci. » *Sermons facétieux ou ridicules*, Paris, Delarue, 1835.

37   La galéasse est un vaisseau de bas bord à rames et à voiles, avec des canons sur les côtés et la proue, au lieu que la galère n'en a qu'à l'avant.

– C'est maintenant, fit le curé, que je veux vous narrer le conte des chats.

» Il y avait un marchand de Gênes fort heureux en ses voyages, qui fit équiper un navire pour, en courant les hasards de la mer, chercher à gagner. La fortune le porta au bout de quelque temps en une île si éloignée de nous, que jamais aucun chrétien n'y avait abordé. Là régnait un puissant roi, qui fut grandement aise de voir arriver sur ses côtes un tel vaisseau. Il fit ensuite convier le maître de descendre à terre et de venir dîner avec lui.

» Quand on fut à table, on donna à chacun une baguette à la main et même au marchand, qui ne savait pas à quoi cela pouvait servir. Dès qu'on eut mis le pain et les autres viandes sur table, voici venir avec un grand bruit plus de mille souris, de sorte que chacun se mit à jouer de la baguette pour défendre les vivres.

» Le Génois ne pouvant assez admirer cette nouveauté, voulut savoir d'où provenait une si grande multitude de souris. On lui répondit que toute l'île en était pleine et que sans cette malédiction il n'y aurait point de plus heureux royaume que celui-ci ; d'autant qu'on y trouvait toutes les plus précieuses choses du monde, savoir or, argent et autres métaux, grains, vins, huile, fruits, cire, soie et tous autres biens que la terre produit ailleurs ; mais que cette peste de vermine gâtait tout et qu'il fallait tenir le pain, les habits et autres choses nécessaires suspendues en l'air et attachées à des crochets de fer auprès des voûtes.

» Le marchand répondit à cela fort civilement :

– Sire, votre Majesté m'a fait l'honneur de sa part de me convier à dîner ce matin, je prendrai la hardiesse d'y revenir demain de la mienne.

» Le jour suivant il prit un de ses chats, qu'il mit dans sa manche, s'en retournant ainsi sans compagnie à la Cour. L'heure venue, on se met à table, on distribue les baguettes, et le pain et les viandes ne sont pas plutôt sur la table que voici venir les souris en grand nombre et faire leur attaque comme d'ordinaire.

» En ces entrefaites, le marchand ouvre sa manche, lâche tout à coup son chat, qui par son adresse naturelle sauta parmi les souris, dont il fit un si terrible carnage qu'il en demeura en moins de temps qu'il n'en faut pour le dire plus de cent sur la place, et tout le reste enfui de peur. Le roi et tous ceux de sa suite étaient tellement étonnés du courage et de l'agilité d'un si petit animal qu'ils ne savaient que dire.

» L'admiration et la curiosité poussèrent le roi à demander où il croissait, de quoi on le nourrissait et combien il vivait. Le marchand lui ayant rendu compte de tout, il ajouta :

– Sire, je veux donner à votre Majesté deux paires de ces bêtes, mâles et femelles, qui étant gouvernées avec soin, rempliront de leur race en peu d'années tout ce royaume.

Aussitôt fait que dit, il fait apporter les chats et les délivre. Ce présent parut si rare et si excellent au roi qu'il tenait pour impossible de pouvoir assez dignement le récompenser, vu qu'il apportait avec lui le salut de tout son état.

» C'est pourquoi, par avis de son conseil, il fit donner au Génois la valeur de plus de deux cent mille écus, tant en or et argent qu'en pierres précieuses. Le marchand devenu par ce moyen beaucoup plus riche qu'il n'eût pu l'espérer, s'en retourna à Gênes où en peu de jours se répandit partout la renommée de cette aventure, qui fit venir la pensée à plusieurs de tenter la même fortune, chacun se persuadant d'être traité de même, quoique le voyage fût fort long et accompagné de beaucoup de dangers.

» Entre autres, il s'en trouva un plus hardi que les autres qui, au lieu de faire passer en ces contrées éloignées quelques animaux d'Europe ou autres choses de vil prix ainsi que le premier marchand lui conseillait, voulut se charger de choses plus précieuses pour faire présent à ce roi-là. Il fit donc bonne provision d'habits de drap d'or et d'argent, de riches harnais de chevaux, de selles en broderies d'or, d'excellentes confitures et autres meubles et présents de grand prix qui valaient plus de dix mille écus.

» Il arriva heureusement avec tout ce butin en l'île des souris, où il fit présent au roi de toutes ces belles raretés de son pays. Il fut bien reçu et on lui fit beaucoup de caresses et quantités de festins ; le roi ne voulait point demeurer ingrat envers ce Génois qui désirait s'en retourner ; il fit assembler son grand conseil où il fut proposé quelle récompense méritait cet étranger ; qui dit une chose, qui une autre, tous néanmoins concluaient à de grandes reconnaissances : quoique tout ce qu'on disait semblait au roi de petite valeur.

» S'imaginant donc qu'il n'y avait rien de plus précieux au monde qu'un chat, comme libéral et magnifique il résolut de lui faire présent d'un des siens. Ce qu'ayant remis en effet avec beaucoup de cérémonies, le malheureux marchand s'en retourna à Gênes avec ce triste présent, plein de douleur et d'amertume.

Pour conclusion, le curé dit au prêtre :
– Vous voyez maintenant que pour n'avoir pas demandé mon conseil et par un trop grand appétit de gagner, vous avez acheté des marchandises que vous ne connaissiez pas, d'où à peine vous pourrez retirer la moitié de l'argent que vous y avez mis.

## 29. Quel est le plus injuste artisan

On disputait un jour en bonne compagnie, lequel de tous les artisans était le meilleur ou le plus méchant ; qui disait un tel, qui un autre. Le curé conclut que les plus méchants étaient les tonneliers et faiseurs de cercles parce que d'une chose droite, ils en faisaient une tordue.

## 30. Autre bon mot

Un pauvre demandait l'aumône d'un double au curé, disant qu'il prierait Dieu pour lui. Le curé lui dit :
– Tiens, en voilà deux, et prie Dieu pour toi, parce que tu en as plus besoin que moi.

## 31. Réponse du curé à une femme hardie

Le curé étant un jour assis devant sa porte avec d'autres honnêtes gens, il vint à passer par là une jeune femme plus résolue que sage, qui était accompagné d'une vieille et d'une servante. L'ayant considérée, il dit à la compagnie :

– Regardez cette belle femme-là.

Elle l'entendit et croyant qu'il se moquait, elle tourna la tête pour répondre :

– On ne saurait pas en dire autant de vous.

– On ferait bien, rétorqua le curé, si on voulait mentir comme je l'ai fait[38].

## 32. Les deux fromages dérobés au patron d'une galère

Le curé fit un voyage en Flandre sur une galère commandée par un capitaine homme de bien et fort honnête du reste, mais fort avare. Partant de Florence, il fit provision de toutes sortes de bons vivres et entre autres de ces excellents fromages durs qu'on appelle en ces pays-là des *marzolins*[39], qu'il recommanda extraordinairement à son dépensier[40]. Il en faisait toujours apporter au dessert sur la table, mais personne d'autre que lui n'y touchait. Cela fâchait le curé, qui se mit en tête d'en avoir sa part à quelque prix que ce fût.

Ayant à cet effet surveillé où le dépensier les rangeait, une nuit il en déroba deux, qu'il râpa tout menu et en remplit une grande bouteille qui lui servait à sa collation ; ainsi de temps à autre, faisant semblant de boire, il mangeait gentiment son fromage. Au bout de trois jours, le dépensier s'aperçut de sa perte, ce qu'il rapporta incontinent au capitaine qui ne manqua pas de faire fouiller tous les coffres et hardes dans tous les recoins de la galère, menaçant sous de graves peines qu'on eût à retrouver les fromages.

Tous les soins et diligences furent inutiles, il fallut qu'il prît patience. Le curé cependant embouchait souvent sa bouteille pour en tirer la poudre enchantée. Un matin à la table de poupe, il dit au capitaine :

---

38  Voir Pogge, *Facéties*, n° 271.

39  Parce qu'on les fait en mars.

40  Intendant.

– Monsieur, je voudrais bien obtenir amnistie de vous à cause de quelque soupçon.

Le capitaine répondit en riant qu'il en était content et que de bon cœur il lui accordait l'amnistie demandée. Mais le curé lui fit tâter de la bouteille, puis lui raconta l'aventure des fromages ; il s'en prit à rire, ce ne fut néanmoins pas sans quelque honte. Ensuite de quoi il ordonna qu'à l'avenir on servît de ces marzolins sur table et qu'il y en eût pour tous.

## 33. Vengeance du curé contre un bouffon

Le curé Arlotto étant à Sienne logé chez un sien ami, il fut mené par lui à quatre milles de la ville chez un gentilhomme où il y avait grand festin et une belle assemblée de noblesse, où étaient entre autres deux ambassadeurs du roi Alphonse de Naples. Ces messieurs avaient avec eux un bouffon fort sot et impertinent. La plus gentille galanterie qu'il fit le soir, fut de péter sur le curé et sur quelques autres honnêtes gens qui étaient dans la salle ; de quoi les dames tant mariées que filles qui étaient là, eurent si grande honte qu'elles ne savaient où se cacher.

Cependant le bouffon s'était enivré durant le souper, de sorte qu'il fallut le mener au lit, où il s'endormit dans l'instant ; le curé le suivit, se coucha contre lui et se vida par le bas de tout ce qu'il avait dans le corps. Cela fait, comme il était encore adroit et fort, n'ayant alors que trente ans[41], il enveloppa le bouffon dans ses draps, le chargea en cet état sur ses épaules, le porta au milieu de la salle où était toute la compagnie, et le laissa ainsi à terre.

Au même moment des jeunes garçons faisaient un jeu du pays, qui les obligeait à tenir chacun une courroie à la main. Le curé leur dit : « Regardez ce beau poupon qui a chié au lit. » Le bouffon d'ailleurs se défaisait du linceul, et s'étant levé parut un vilain et dégoûtant spectacle à toute la compagnie, surtout aux dames, étant de toutes parts brodé d'ordure. C'est pourquoi ces jeunes gens quittèrent le jeu, coururent sur lui avec les courroies et lui en donnèrent tant qu'il en

---

41  Arlotto avait trente ans en 1425.

put supporter.

Le pire pour lui fut qu'il ne savait où se cacher, ni moins gagner sa chambre que le curé avait fermée avec tant de soin qu'il ne put jamais y entrer. Ainsi ce sot et maladroit bouffon fut contraint de passer la nuit comme il put avec son beau drap parfumé.

## 34. Bon mot du curé au pape Nicolas

Le curé Arlotto était allé à Rome pour un certain procès qui lui importait beaucoup. Le pape Nicolas qui tenait alors le Saint Siège, ayant appris son arrivée, voulut le voir et ensuite lui fit un fort bon accueil et beaucoup d'offres, ajoutant qu'il avait désiré le connaître sur la bonne réputation qu'il avait. Le curé répondit :

– Notre saint Père, prenez garde qu'il ne vous arrive pas de même qu'à un certain aveugle-né, auquel on demanda une fois quelle chose il voudrait voir le plus volontiers et il répondit que c'était un âne ; on se moqua sur l'heure de lui, d'autant qu'il faisait un tel souhait pour une bête si peu estimée dans le monde.

» L'aveugle répliqua : je ne saurais me porter à faire un autre souhait, m'imaginant qu'il n'y a point d'animal sur terre plus admirable ni plus terrible que celui-là. Je n'entends autre chose quand je vais par la ville avec mon bâton sinon : « aveugle prends garde à l'âne, tire-toi de l'arrière de l'âne. » Bref, je n'entends parler que de cet âne sans compter le bruit qu'il fait par-dessus toutes les autres bêtes ; de sorte que je crois que ce doit être un animal bien étrange et bien furieux.

» Toutes ces raisons de l'aveugle n'empêchèrent pas qu'on ne se moquât de lui à cause du mauvais choix qu'il avait fait de souhaiter voir un âne. Pour conclusion, fit le curé au pape, je crains fort qu'à la fin vous ne criiez comme cet âne-là.

Ce raisonnement agréa fort au saint Père, jugeant par là qu'il parlait d'un bon sens et en homme d'honneur, ce qui porta sa Sainteté à lui faire de grandes offres. Le curé néanmoins ne lui demanda rien d'autre que la confirmation de la cure, qui lui était alors contestée par un citadin de Florence, grand et puissant. Le pape lui en fit expédier les Bulles[42] gratis, le retint quelques jours à Rome, lui fit beaucoup de présents et une infinité de caresses ; par ce moyen il s'en retourna avec un bon cheval à lui, sa bourse bien remplie, des robes et des habits, et sa cure libre et assurée, au lieu qu'il était arrivé sur une méchante rosse de louage, avec six ducats, bien triste et sa cure en litige.

## 35. Bon tour du curé fait au sieur Rossello

Le sieur Rossello Aretin, collecteur du pape s'en revenant de France, ne s'arrêta pas à Florence à cause de la peste : il passa vivement outre, pour arriver chez lui à Arezzo, et craignant que le droit chemin n'était non plus exempt de la contagion, il fit un détour pour passer la nuit chez un prêtre son ami au Pont de Levané, dans une cure de peu de revenus. Passant à Figline il fit acheter deux paires de chapons et sept perdrix ; arrivé à ladite cure avec environ seize personnes et douze chevaux, il battit à la porte.

Le curé Arlotto se présenta, à qui le sieur Rossello demanda ce qu'il faisait là et où était le prêtre. À quoi il répondit que le curé était allé à Casentin faire un accord pour la mort d'un homme, et que quant à lui il avait fui Florence de peur de la peste.

– Je suis fort aise de vous rencontrer ici, fit le sieur Rossello, qui le connaissait de longue date.

Les chevaux furent mis dans l'écurie et le curé fit promptement plumer les chapons et perdrix, qu'il fit bouillir dans une grande marmite, afin qu'on ne pût pas les emporter comme s'ils eussent été en broche. Considérant d'ailleurs le peu de tact du sieur Rossello de s'en venir avec environ trente bouches prendre le logis d'un pauvre prêtre qui n'avait pas cent livres de rente, il décida de s'en défaire honnêtement ; il parla à cet effet au marguillier, qui n'était pas bête, pour l'instruire de ce qu'il devait répondre aux demandes qu'on lui ferait ; et qu'au premier signe qu'il ferait, il sonne fortement jusqu'à trois fois pour un mort.

---

42  Car il est bien connu que le pape coince la Bulle. (NdT)

Cet ordre donné, il prit le sieur Rossello sous le bras après lui avoir fait voir l'église, le mener promener par les terres ; tandis qu'ils sont dans la vigne regardant les plantes et les arbres, et que le curé exaltant fort le prêtre absent disait : « Ce sont des miracles qu'un homme qui a si peu de revenus fasse tant de choses », le marguillier se mit à sonner à double carillon pour un mort. Aussitôt, le seigneur Rossello demanda :

– Curé, qu'est ceci ?

– Ce n'est rien, fit le curé, - et le tenant toujours sous le bras et continuant son discours, voici une autre double sonnerie.

Ledit sieur surpris de soupçon et de frayeur, demande derechef au curé ce que voulait dire ce redoublement de cloches.

– Ce n'est pas grand-chose, répondit le curé ; il est mort un enfant de sept ans, Dieu soit loué ! la maison n'en sera que plus riche : la semaine passée il n'en mourut que sept, celle-ci il n'en est mort que trois.

Le sieur Rossello, que le curé tenait toujours, n'eut pas plus tôt entendu ces nouvelles, qu'il devint pâle comme un trépassé et sans vouloir en savoir davantage, courut vite au logis pour faire brider les chevaux et partit avec toute sa suite, avec tant de diligence qu'il ne s'arrêta pas qu'il ne fût à Quarata, à trois milles d'Arezzo.

L'hôte, bien étonné de le voir arriver si tard, lui en demanda la raison, parce qu'il était déjà cinq heures de nuit[43]. À grand-peine ledit sieur pouvait-il ouvrir la bouche, tant par la peur que par l'incommodité qu'il avait eue de faire une telle traite. Il ne laissa pourtant pas de conter toute son aventure à l'hôte, qui dit aussitôt :

– Ce sont des moqueries ; dans tout le coin, d'ici à Rome, il n'y a pas eu sur ce chemin seulement un mal de tête.

Alors le sieur Rossello revenu à lui dit :

--C'est sans doute un tour du curé Arlotto.

Puis il demanda à ses gens s'ils n'avaient pas emporté les perdrix et les chapons et il découvrit qu'ils n'y avaient pas pensé à cause de la grande hâte qu'il leur avait donnée et qu'en plus de cela on avait oublié deux licols. Le curé cependant en fit à leur honte grande chère avec son ami, qui revint le soir même au logis.

---

43   23 heures (NdT).

## 36. Le curé confond un philosophe

Le curé naviguant une fois sur une galère, il s'y trouva pareillement un docteur en théologie, qui voulait de plus passer pour un grand philosophe. Celui-ci, entre autres paradoxes, soutenait toujours dans ses conférences que l'art ou l'instruction avaient plus de pouvoir sur les hommes que la nature. Le curé niait absolument cette thèse et le philosophe disait qu'il la prouverait non seulement par les hommes, mais par les bêtes même ; et qu'il en ferait l'expérience par les chats, puisqu'il n'y avait point d'autres bêtes sur les galères.

Le curé devina aussitôt son dessein, c'est pourquoi il ne fit pas de difficulté de gager six ducats d'or contre lui, qui furent en même temps mis en dépôt. Deux jours se passèrent avant qu'on vienne à l'expérience. Le curé ne perdit point de temps, il fit tant que sans bruit et avec des souricières, il attrapa quatre souris.

Il y avait par ailleurs sur la galère un marinier qui avait si bien dressé deux chattes, qu'elles tenaient deux ou trois heures durant des chandelles allumées entre leurs pattes, demeurant droites sur leurs pattes arrières, ne bougeant jamais qu'à un certain signe que le marinier leur faisait.

L'heure convenue étant arrivée, le capitaine fit un beau souper où se trouvèrent tous les officiers avec le philosophe et le curé. Toute la chiourme était désireuse et attentive pour voir l'issue de cette expérience ; comme on était au dessert, le docteur ordonna que le marinier vint avec ses chattes, lequel en plaça une au haut de la table et l'autre au bas, chacune la chandelle allumée entre ses pattes, ce qui était à la vérité une chose plaisante à voir.

Le curé se leva de table sous prétexte d'aller quérir quelques confitures pour faire honneur à la compagnie ; étant de retour, il mit sur la table trois boîtes de dragées ; il avait emprisonné au fond de celle du milieu ces quatre souris, qu'il avait proprement couvertes de papier et surchargées de dragées. Quand on vint successivement à toucher le papier, les souris se remuèrent et firent du bruit ; de quoi les chattes déjà toutes émues eussent dès lors laissé tomber les chandelles si le marinier ne leur eût crié après.

– Monsieur le curé, fit alors le philosophe, vous avez perdu, ne voyez-vous pas la retenue des chattes et que l'art a plus de pouvoir sur elles que la nature ?

– Si j'ai perdu, fit le curé, vous tirerez.

Cependant les dragées s'en allaient et les souris parurent à découvert, il n'y eut alors plus moyen de retenir les chattes ; elles jetèrent en un instant les chandelles, sautèrent sur les souris et les prirent ; mais d'autant que les souris étaient attachées par des ficelles à la boîte, ils la tirèrent après elles, rompirent les verres, semèrent la confusion et s'enfuirent en bas.

Le philosophe, sans contester davantage, avoua avoir perdu, confessa que la nature était plus forte que l'art et paya fort volontiers la gageure.

## 37. Adresse du curé pour se défaire de chasseurs

Quatre chasseurs, avec trois compagnons, quatre chevaux et quatre tiercelets[44] d'autour et seize chiens, s'étaient établis chez le curé plusieurs jours, à chasser aux alentours. Voulant s'en retourner à Florence, ils lui laissèrent leurs chiens en garde et lui recommandèrent fort, l'assurant que dans deux jours ils reviendraient et en passeraient encore quatre autres avec lui.

Le curé leur promit d'en prendre tout autant de soin que s'ils étaient à lui. Mais considérant en lui-même le peu de tact de ces gens-là, de lui avoir été à charge cinq jours durant avec trente-six bouches et que, non contents encore, ils lui laissaient de surcroît seize chiens et l'assuraient de rentrer rapidement, sans compter que des quarante perdrix qu'ils avaient prises, ils ne lui en avaient pas donné seulement une, il résolut d'en avoir la raison.

À cet effet, il jetait d'ordinaire trois ou quatre pains devant les chiens, et quand ils voulaient en approcher, il les chargeait à coups de bâton ; ce qu'il faisait deux fois par jour. Ces jeunes gens étant revenus chez lui, allèrent tout droit voir leurs chiens et les trouvant

---

44 Mâles de certains oiseaux de proie (plus petits d'un tiers environ que la femelle). (NdT)

maigres, ils en demandèrent la cause au curé, lequel leur répondit qu'il ne savait pas d'où cela procédait, qu'ils ne voulaient point de pain, de quoi il était fort étonné.

Ayant fait apporter du pain, il en jeta un devant les chiens qui n'eurent pas plutôt senti et aperçu le curé qu'ils s'enfuirent et, trouvant la porte ouverte, n'arrêtèrent pas qu'ils ne fussent à Florence. Ainsi il fut force aux chasseurs de s'en aller après leurs chiens et prendre patience.

## 38. Instruction du curé pour un jeune homme

Le curé avait souvent repris un jeune homme débauché, quoique de ses amis ; et bien qu'il reconnût qu'il y perdait sa peine, il ne laissa pas de lui faire un long discours pour le réduire, qui néanmoins ne porta pas plus de fruit que les précédents. À la fin, il lui raconta la fable suivante pour exemple.

» Un paysan prit une fois un beau rossignol, lequel aussitôt se mit avec un ton lamentable à le prier de le relâcher ; car disait-il, si vous me faites la grâce de me donner la liberté, je vous promets de vous donner trois enseignements qui vous rendront parfaitement heureux, si une fois vous venez à les suivre.

» Le paysan, persuadé par ces belles paroles, promit au rossignol de le lâcher quand il lui aurait enseigné ces trois choses.

- La première, fit le rossignol, est de ne point désirer ni chercher ce qui est impossible à trouver ou à recouvrer.

- La seconde, que vous tâchiez de conserver ce qui vous est utile.

- La troisième, n'ajoutez jamais crédit à ce qui ne peut être en aucune façon.

» Ces avis plurent au paysan, si bien qu'il lâcha franchement son oiseau, comme il l'avait promis ; ensuite de quoi celui-ci vola sur un arbre haut d'où il dit au paysan :

» – Pauvre homme, c'est bien malheureux de ta part de m'avoir lâché, car j'ai dans mon gosier une pierre précieuse d'un prix inestimable qui est plus grosse que l'œuf d'une oie.

» Aussitôt que le paysan eut entendu ce discours, il fit tous ses efforts pour reprendre son oiseau, le poursuivant à cet effet par les bois, les monts et les vallées ; s'étant longtemps tourmenté en vain, lorsque le rossignol s'arrêta sur un autre arbre pour lui dire :

» – Ô que tu es impertinent ! est-ce ainsi que tu as retenu les enseignements que je t'ai donnés ! tu m'as eu en ton pouvoir et tu n'as pas su me garder et tu es bien fou de croire que j'ai une pierre dans le gosier de la grandeur d'un œuf d'oie, qui est six fois plus grand que moi ; comment voudrais-tu que cette pierre fût dans mon gosier ? d'ailleurs penses-tu qu'étant une fois sorti d'entre tes mains, je veuille me laisser reprendre par toi ? ne perds donc plus de temps à me poursuivre, va-t'en à la male heure. »

Le curé ayant achevé ce conte, laissa le jeune homme dans son obstination.

## 39. Le curé se sert d'un rat au lieu d'un chat

Le curé étant de retour de sur les galères, s'en alla à la cure où pour sa longue absence de treize mois, il trouva que les rats lui avaient ruiné beaucoup de hardes, mangé des lits, du linge et des draps ; ce qui le fâcha si fort qu'il jura de ne jamais être content qu'il n'eût métamorphosé un rat en un chat.

Pour parvenir à ce dessein, il fit avec des ratières et autres inventions qu'il en prit une bonne quantité en vie, qu'il mit tous dans un tonneau, dont ils ne pouvaient sortir ; il les visitait néanmoins, pour voir leurs actions jusqu'à ce qu'il remarquât que la faim les contraignit à s'entre-dévorer.

Finalement, au bout d'un mois, il n'en trouva que le plus vaillant de reste, auquel il attacha une sonnette au cou et le remit en liberté ; ce galant qui avait été plus d'un mois à ne manger que des rats, allait à la chasse comme un chat ; ce qu'il fit toute sa vie, qui dura trois ans, pendant lequel temps on n'entendit en son logis point d'autre rat ni de souris que celui de la sonnette. La mort de cet animal fut fort sensible au curé[45].

## 40. Repartie du curé à un prêtre

Il y avait un prêtre peu sage qui jouait à la courroie en chemise avec d'autres prêtres qui lui en donnaient de si bons coups que la chair s'enflait de deux doigts ; il se persuadait néanmoins d'être habile homme. Quelques jours après il se trouva à un cercle où le curé était aussi ; cet impertinent lui demanda en raillant :
– Dites-moi, monsieur le curé, d'où vient qu'en cuisant des fèves noires, la menestre[46] ne laisse pas d'être blanche ?
– Et vous, répondit le curé, dites-nous la raison d'où vient que frappant la chair avec des courroies blanches, elles font des marques noires ?
Alors le prêtre se souvenant des coups de courroie qu'il avait reçus naguère, reconnut sa faute avec honte et se tut.

## 41. Réponse du curé à un sot

Un gros lourdaud demandait au curé pourquoi en lavant son visage avec de l'eau fraîche, il soufflait et faisait du bruit avec la bouche. Le curé lui répondit :
– C'est afin qu'en me lavant la face, tu ne penses pas que je me lave le cul ; car je me lave l'un et l'autre d'une façon différente.
Il fit connaître ainsi à cet ignorant que c'était une bête[47].

---

45 « Nous avons vu par expérience qu'ils se tuent, qu'ils se mangent entre eux, pour peu que la faim les presse ; en sorte que quand il y a disette à cause du trop grand nombre, les plus forts se jettent sur les plus faibles, leur ouvrant la tête et mangeant d'abord la cervelle et ensuite le reste du cadavre ; le lendemain, la guerre recommence et dure ainsi jusqu' la destruction du plus grand nombre. » Buffon.

46 Sorte de soupe. (NdT)

47 « L'abbé C. voyageait, un froid jour d'automne, dans les montagnes à pied, suivant son habitude ; il portait son tricorne sous le bras, la tête seulement protégée par ses vénérables cheveux blancs. Au sommet d'une côte il fait la rencontre de quatre

## 42. Le curé attrape un paysan qui lui dérobait ses œufs

Le curé s'étant aperçu plusieurs fois qu'on lui prenait les œufs dans son poulailler, décida d'y surprendre son larron. Il mit à cette fin son fermier au guet, lequel ayant découvert le larron, courut dire au curé que c'était son compère qui tout récemment venait encore de prendre dix œufs qu'il avait mis en son giron.

Le curé se met sur le pas de la porte où il voit venir le compère avec la chemise enflée et ouverte à la façon des paysans, il l'invite à déjeuner avec lui ; le paysan refuse si ce n'est à condition d'aller faire un tour à son logis pour revenir à l'instant même

– Ah ! cher compère, disait le curé, ne me laissez pas ici tout seul…

Et feignant de le caresser, l'embrassait et serrait étroitement, continuant de dire qu'il ne voulait pas qu'il s'en aille. De cette façon, il lui cassa tous les œufs qu'il avait en son sein, qui commencèrent à lui couler le long des cuisses et des jambes. Le paysan, se voyant découvert, eut grande honte, satisfit le curé et ne lui déroba plus jamais d'œufs.


## 43. Le curé fait taire un présomptueux en contant une aventure

Bon nombre de gentilshommes florentins étaient assemblés en la loge des Tornaquinci[48], aux environs de l'heure des vêpres, où ils s'entretenaient de diverses choses ; parmi lesquels était un vieillard de septante ans, riche, mais roturier, qui avait une jolie femme qui

---

bûcherons ; il s'arrête pour leur demander quelques indications sur le chemin à suivre. Les quatre manants restent impertinemment couverts. Le bon philosophe n'y prenait point garde. Mais l'un des rustres eut la tentation d'être facétieux.

-- Couvrez-vous, monsieur le curé, dit-il ; les têtes de veau ne sont bonnes que chaudes.

– C'est juste, répondit le curé, en plaçant son chapeau sur la tête, et vous, ôtez vos casquettes, ajouta-t-il avec autorité, car vous savez que les têtes de cochon ne sont bonnes qu'à la gelée. » Gérard, l'*Ancienne Alsace à table,* Colmar, 1862.

48 Les Tornaquinci s'appelèrent plus tard Tornabuoni. Un noble admis dans un corps de métiers perdait sa noblesse et souvent modifiait son patronyme ; ainsi le voulait le peuple.

n'avait que dix-huit ans, dont il était jaloux. Cet homme glosait sur toute parole, contredisait tout ce qu'il y avait là de noblesse et voulait toujours gagner.

Le curé passait fortuitement par là, ceux de la loge l'appelèrent pour l'avoir des leurs ; il n'y fut guère qu'il entendit dire tant de sottises à ce jaloux, qu'il se fâcha, résolu de lui clore le bec ; à cet effet il se mit à raconter l'aventure suivante de cette manière :

» Il y eut autrefois à Florence une fort belle fille, mariée à un vieillard, laquelle passait son temps avec un beau jeune homme. Le mari, quoiqu'il eût un grand soupçon, ne croyait pourtant pas que l'affaire fût arrivée jusqu'aux cornes ; c'est pourquoi il lui prit envie de s'éclaircir de ce doute par quelque adresse. Sa femme néanmoins ne le craignait guère, c'est elle qui portait les chausses.

» Le croyant une fois dehors, elle mit son amant au logis ; le mari s'était caché dans une soupente qui était au-dessus de sa chambre, où, tandis qu'il écoutait avec une grande attention ce qui se passait au-dessous de lui, une planche céda sous lui et il tomba avec un grand bruit sur le lit où était sa femme dans les bras de son amoureux. De sorte que tous trois eurent non seulement une grande frayeur, ils coururent encore fortune de leur vie.

» Le jeune homme fit une retraite la plus diligente qu'il put, et la femme demeura seule avec son mari, qu'elle sut si bien amadouer qu'il lui pardonna, la priant en outre qu'elle fît en sorte qu'on n'en sût rien. Néanmoins comme rien ne reste longtemps secret, on sut bientôt cet événement.

Le curé en étant là, se tourna vers le fâcheux pour lui demander :
– Je voudrais maintenant fort volontiers savoir de vous qui avez mis tant de questions en avant, lequel de ces trois, selon votre opinion, eut plus grand-peur, et qui fut plus en danger ?

Le bonhomme qui était celui-là même qui avait fait cette belle chute, se voyant sortir les cornes en abondance, ne sut que répondre, et tout ce jour-là il observa un grand silence.

## 44. Réponse du curé à un prédicateur

Un jour le curé se trouvait aux Carmes, où un père plus galant que docte, faisait un sermon lequel étant sur le passage où les juifs demandent à Saint Jean : « Qui es-tu ? Es-tu Élie ? » s'était tellement embarrassé qu'il répétait toujours les mêmes paroles, le visage tourné vers le curé, lequel étant déjà ennuyé d'une si impertinente répétition, lui dit tout haut :

– Je ne suis ni Élie ni Jérémie, je suis le curé Arlotto. Serait-il bien possible que vous ne me connaissiez pas ?

À ces paroles tout le monde se mit à rire si fort que le pauvre père ne put achever son sermon.

## 45. Le curé sonne pour un mort qui ne l'était pas

Le curé Arlotto pria un jour Nicolo di Bardoccio son paroissien qu'il l'aidât à travailler en son jardin, qu'il vînt le lendemain dès grand matin. Ce qu'il lui répéta plusieurs fois, afin qu'il s'en souvînt mieux. Le paysan répondit :

– Ne me le dites plus, je vous promets que je serai demain le premier au jardin, pourvu que je sois en vie ; et si j'y manque, soyez sûr que je serai mort.

Le matin Nicolo ne vint pas ; il était déjà tierce[49] et les autres ouvriers avaient passé deux bonnes heures déjà à travailler. C'est pourquoi le curé s'en alla dans l'église, où il fit sonner à double carillon pour un mort. Chacun accourt à ce bruit, chacun demande au curé qui était mort, il dit :

– C'est Nicolo di Bardoccio.

– C'est bien étrange, disait-on, nous le vîmes encore hier au soir sain et gaillard.

Sur ces entrefaites, voici venir Nicolo la bêche sur l'épaule qui, tout en colère, dit au curé :

– Qu'avez-vous fait ? Tous mes parents et amis sont venus en mon logis pour me pleurer dans la croyance que j'étais mort.

---

49 Troisième heure du jour, soit neuf heures du matin. (NdT)

– Ne me dis-tu pas hier, répliqua le curé, que si tu ne venais pas à la bonne heure, je te tinsse pour mort ? Croyant donc que par malheur tu avais été prophète et que tu étais mort tout de bon, j'ai fait sonner pour te faire honneur, ainsi que je fais pour tous mes paroissiens quand ils meurent.

# DEUXIÈME PARTIE

## DEUXIÈME PARTIE.

### XLVI.

*Le Curé fait donner au peuple du foufre au lieu d'encens.*

Revenant de Bologne le Curé fit route pour Val di Seta & alla paffer quelques jours dans la montagne chez un prêtre de fes amis. Voyant que les quattrini [1] qui fe donnaient pour le luminaire étaient hors d'ufage, il s'étonna & demanda au prêtre pourquoi il les prenait. Celui-ci répondit qu'il ne pouvait faire autrement, qu'il en avait plufieurs fois fait la remarque à fes paroiffiens, mais que cela ne fervait à rien & qu'il était réduit à patienter. Le Curé dit qu'il y remedierait fi on le laiffait faire, le prêtre confentit pourvu qu'il n'y eut pas de fcandale. Adonc le Curé fit acheter pour un bolognino [2] de foufre pilé & le dimanche venu, il in-

---

1. Le quattrino eft la troifième partie du fou & vaut quatre deniers.
2. Le bolognino ou baïoque de Bologne vaut fix quattrini.

**46. Le curé fait donner au peuple du soufre au lieu d'encens**

Revenant de Bologne, le curé fit route pour le Val di Seta et alla passer quelques jours dans la montagne chez un prêtre de ses amis. Voyant que les quattrini[50] qui se donnaient pour le luminaire étaient hors d'usage[51], il s'étonna et demanda au prêtre pourquoi il les prenait. Celui-ci répondit qu'il ne pouvait faire autrement, qu'il en avait fait plusieurs fois la remarque à ses paroissiens, mais que cela ne servait à rien et qu'il était réduit à patienter.

Le curé dit qu'il y remédierait si on le laissait faire ; le prêtre consentit pourvu qu'il n'y ait pas de scandale. Alors le curé fit acheter pour un bolognino[52] de soufre pilé et, le dimanche venu, il instruisit le clerc de ce qu'il avait à faire. Quand on en fut à l'Évangile, l'autel reçut du bon encens avec le cérémoniel usité, puis le curé, qui disait la

---

50   Le quattrino vaut un tiers de sou, et représente quatre deniers.

51   Démonétisée, n'ayant plus cours (NdT)

52   Le bolognino ou baïoque de Bologne vaut six quattrini, soit…deux sous ou vingt-quatre deniers (NdT).

grande messe, mit trois cuillerées de soufre dans l'encensoir et quand le clerc offrit l'encens au peuple selon la coutume, il se répandit soudain une odeur fétide qui fit fermer la bouche à l'un, boucher le nez à l'autre, mais la plus grande partie sortit de l'église et attendit que la puanteur fût passée, et tous se plaignirent du prêtre et songèrent à lui jouer un tour ; le murmure était tel qu'il commença à avoir peur et s'approchant de l'autel, dit au curé :

– Vous en avez trop fait, vous ne connaissez pas ces gens de la montagne, ils sont méchants et jouent volontiers du poing ; j'ai peur pour moi, car ils m'ont menacé.

– Ne craignez rien, dit le curé, la messe finie, je mettrai ordre à tout.

Elle ne l'était pas encore que les paysans se portèrent en avant et se plaignirent, avec force injures, de la vilenie qui leur avait été faite. Le curé se leva comme s'il ne savait rien et se mit à dire :

– Qu'est cela ? que voulez-vous à votre prêtre dans l'église ?

Et ils commencèrent à se plaindre de lui, alors le curé appela le clerc et lui demanda ce que voulait dire ce soufre :

– Ils se plaignent à tort, répondit-il, car ni vous ni moi ni le prêtre ne sommes en faute, mais eux-mêmes. J'allai au marché acheter de l'encens ; l'apothicaire trouvant les deniers que je lui donnai mauvais, me dit de grosses vilenies et me demanda d'où je les avais eus ; je lui répondis que c'étaient les deniers du luminaire donnés par les paroissiens, alors tout en colère il me donna un peu d'encens juste assez pour l'autel et puis ce soufre, disant : « donne ça au peuple, pour de mauvais deniers on ne donne pas d'encens », et ainsi ai-je fait.

Le curé se tourna vers les contadins[53], disant :

– Vous avez tort, ne rougissez-vous pas de négliger ainsi les choses d'église ? Vous avez entendu ce qu'a dit le clerc et comme l'apothicaire vous a traités ; il a fait son devoir.

Les vilains eurent honte et promirent de donner à l'avenir au prêtre, pour l'offrande et le luminaire, de la bonne monnaie.

---

53  Qui caractérise le paysan (NdT).

### 47. Le curé fait sonner le tocsin pour la messe

Le curé Arlotto voyant que ses paroissiens ne venaient pas à la messe les jours ouvrables et qu'il était forcé de la dire seul avec son clerc, songea aux moyens d'y remédier et commanda à son clerc de sonner pendant plus d'une heure le tocsin ; à cet appel tout le peuple accourut, même celui des villages voisins, avec lances, arbalètes, escopettes et autres engins, et demanda au curé pourquoi il sonnait :

– Pour le mal-an et la male-Pâque, que Dieu vous donne ! répondit le curé. Tas de belîtres, vous devriez avoir honte de ne pas venir à la messe et de souffrir que je la dise seul avec mon clerc, bien qu'on sonne toute la matinée.

Les vilains eurent honte et fréquentèrent l'église davantage.

### 48. Le curé dresse le potage avec un crâne

Le curé avait un dimanche matin invité à dîner sans façon trois siens amis ; la messe dite, comme ils voulaient se mettre à table, voici une douzaine d'oiseleurs de la ville qui appellent le curé et disent qu'ils viendront dîner avec lui. Le curé leur souhaita la bienvenue et tandis qu'ils mettaient leurs chevaux à l'écurie, il pensait à la manière de se tirer de ce pas sans leur dire de s'en aller.

Il se rappela avoir vu derrière la maison un crâne d'animal ; il courut le chercher, cacha la viande fraîche et la cuiller à pot, puis il prit un pot où il y avait de la viande dans un bouillon salé et y fit laver les mains aux oiseleurs ; il plongea ensuite le crâne dans le bouillon et commença à préparer le potage.

Quand les oiseleurs virent cela, ils s'estomaquèrent au point de partir subitement.

– Souffrez, dit le curé, que je ne me serve pas d'autre cuiller à pot ; de ce que je mange, vous pouvez manger aussi.

Et ceux-ci s'en allant, le curé resta seul avec ses amis.

## 49. Le curé se compare à un ermite

Le curé dit un jour au cardinal de San Pietro in Vincoli qui, allant en France comme légat du pape, s'arrêta quelques jours à Florence :

– Révérendissime seigneur, j'ai eu tant de batailles à livrer sur mes vieux jours à propos de ma cure que je ne sais plus comment faire pour l'administrer en paix. S'il y avait à Rome de la sainteté comme jadis, j'y serais allé et me serais jeté aux pieds du Saint Père, disant : « Saint Père, j'ai obtenu ma cure de votre prédécesseur Martin, je vous la rends comme je l'ai reçue, faites-en ce qu'il vous plaira et donnez-la à ces hommes de bien ; »

» Mais comme ce bon temps n'est plus je ne le ferai point. Je l'aurais fait pour me tirer de souci et pour le salut de mon âme, comme cet ermite qui dans un pèlerinage, fut accompagné d'un ribaud et l'arrêta pour boire ; par charité il paya le vin des quelques deniers qui lui avaient été donnés pour l'amour de Dieu. Le compagnon vit qu'il les tirait d'un mouchoir déchiré, et pensant qu'il en avait beaucoup, médita de le voler.

» Le soir ils logèrent dans un hospice, chacun ayant son lit, et quand le ribaud crut l'ermite endormi, il vint tout doucement pour le voler ; l'autre s'apercevant de la chose, cracha bien fort ; le ribaud s'arrêta, attendit une heure puis fit une seconde tentative. L'ermite, que les soupçons empêchaient de dormir, toussa bien fort et le ribaud s'arrêta de nouveau et ainsi une troisième fois. L'ermite voyant qu'il ne pourrait dormir, se dit : « si je continue ainsi, je ne ferai que nuire à mon corps et pécher. »

» Il se leva donc, prit ses haillons et ses sous et en fit un paquet qu'il jeta au milieu de la chambre, puis il retourna au lit et dormit tranquillement jusqu'au matin. En se levant, il constata que le misérable avait emporté le paquet et rendit grâces à Dieu, espérant qu'il lui ferait d'autres aumônes.

» Ainsi devrais-je me défaire de ma cure, mais je n'aurais pas comme ce moine la perspective de voir remplacer ma perte.

## 50. Joute du curé avec des roseaux

Certains bourgeois de Florence, en faisant une promenade hors de la ville, trouvèrent, sur un pré derrière une maison, plusieurs compagnons parmi lesquels le curé Arlotto, qui joutaient à cheval l'un contre l'autre avec des roseaux. Le curé eut vergogne d'avoir été vu de ces hommes de bien qui le saluèrent et dirent :
– Que faites-vous, ce roseau à la main ?
– Nous avons dîné dans cette maison, répondit-il, et bu pas mal, et nous sommes quasi cuits ; il m'arrive comme à ces dix grands astrologues qui, prévoyant que dans leur ville tomberait une pluie qui, baignant la terre, répandrait, par suite de la chaleur, une odeur si fétide que tous ceux qui la respireraient deviendraient fous, fermèrent, le jour de pluie, leurs portes et fenêtres pour ne rien sentir.
» La pluie ayant cessé, les astrologues sortirent, pensant qu'ils seraient les seigneurs de la contrée, puisqu'il ne restait plus d'homme sage. Mais, dès que le peuple qui était devenu fou les aperçut, il courut à eux ; et les sages, pour pouvoir rester, durent faire les fous comme les autres, sinon ils auraient été chassés ou mis à mort.

» Ainsi ai-je dû faire parmi ces compagnons et j'espère que vous excuserez ma folie.

## 51. Exemple cité par le curé à une femme opiniâtre

Un paroissien d' Arlotto se plaignait auprès de lui du cas de sa femme qui, excitée par sa mère, laissait paraître tant de fantaisie qu'on ne pouvait rester près d'elle ; il priait donc le curé de lui indiquer un moyen de sortir de son enfer.
– Je ne puis vous conseiller, dit le curé, puisque je n'ai pas de femme ; mais par charité je viendrai demain chez vous et verrai ce que je puis faire ; quant à vous, usez de prudence et soyez patient.
Le lendemain, le curé alla chez le contadin et fit aux deux femmes un long sermon qu'il termina en s'adressant ainsi à la plus jeune :

– Gardez qu'il ne vous arrive comme à une autre, aussi mal conseillée par sa mère et qui n'obéissait pas à son mari.

» Celui-ci avait acheté des œufs, ce qui ne fut pas du goût de la femme ; pour la vaincre en obstination, le mari insista pour ne manger pendant plusieurs jours rien d'autre que des œufs préparés de diverses manières. Elle se plaignit et ne voulut pas en manger. Comme il n'y eut pas autre chose de servi, elle finit, toujours d'après les conseils de sa mère, par faire la malade, se mit au lit et attribua son mal aux œufs.

» Le mari, feignant de ne rien remarquer, fit venir le médecin et se concerta avec lui pour qu'il dît que la femme ne se remettrait qu'en mangeant des œufs et que rien d'autre ne la sauverait. Mais on eut beau prier et menacer, elle ne voulut rien entendre. Elle fit comme si son mal empirait et feignit d'être morte. Le mari feignit de le croire, fit apporter des cierges, manda les parents et les prêtres et organisa le convoi.

» Cependant il lui disait de sa voix la plus douce : « mange des œufs ou tu t'en repentiras. » Elle ne le crut pas et se laissa emporter comme une morte. Quand elle fut déposée près de la fosse, que chacun déjà s'en allait et que les fossoyeurs se préparaient à l'enterrer, elle se mit à crier soudain : « Je veux manger des œufs, ne me mettez pas seulement dans la fosse. »

» Le fossoyeur effrayé, la jeta vite en bas, s'écriant : « ce n'est pas moi au moins que tu mangeras » ; puis il ferma la tombe avec une pierre. Quand la mère vit que c'était sérieux, elle voulut venir au secours de sa fille et la tirer de la sépulture, mais elle constata qu'elle était morte, par le choc et la peur. Gardez-vous qu'il ne vous en arrive autant ou pis, à cause de vos extravagances[54].

## 52. Dit du curé à un ami avare

Un ami du curé, homme avare, l'invita un matin de Carême à dîner, et quand ils furent à table, vint une purée aux pois dans une grande écuelle avec beaucoup de graisse et peu d'huile ; mais il y manquait

---

54 Origine du conte : Marie de France, *Poésies*, Paris, 1820. Pogge, conte 33.

les pois, de sorte que le curé ne pouvait en attraper ni avec la fourchette, ni avec la pointe du couteau, ni avec la main ; alors il se mit à ôter sa ceinture et à retrousser ses manches :

– Que faites-vous ? dit un des convives.

– Ne le voyez-vous pas ? répondit-il ; je veux me déshabiller et nager après les pois, puisque je ne puis les atteindre autrement et que cependant je voudrais en manger quelques-uns ce matin.

A une fête de prêtres, fut posé sur la table, entre le curé et un sien compagnon, un poulet ; et tandis que le premier contait une facétie selon son usage, le compagnon mangea le poulet quasi tout entier, de manière que lorsque le curé voulut du poulet, il ne restait que la carcasse et les os :

– Tu ferais, dit-il alors, un bon gouverneur, car tu as travaillé ce poulet de telle sorte que son père ni sa mère ne le reconnaîtraient plus.

## 53. Le curé pique le cardinal de Pavie qui l'avait mordu

L'an du jubilé 1475, le curé étant à Rome dans la maison du noble Falcone Sinibaldi, dîna un matin avec le cardinal de Pavie qui lui demanda s'il le connaissait. Le curé lui répondit qu'il ne se souvenait pas l'avoir vu ailleurs et qu'il ne le connaissait que de réputation.

À la fin du dîner, on parla de choses et d'autres, si bien que le curé vint à dire qu'il vivait plus heureux que le cardinal, puisqu'il était satisfait de son rang, bien qu'il fût un pauvre petit prêtre qui n'avait pas d'autre bénéfice que sa cure dont les revenus ni ne croissaient ni ne diminuaient, et qu'il n'avait de procès avec personne, tandis qu'il n'en était pas ainsi du cardinal qui avait sauté de degré en degré au cardinalat et ne s'en contentait pas parce que volontiers il serait pape.

– Il faut vous en prendre à vous-même de votre condition, répondit le cardinal.

– Monseigneur, répliqua le curé, je ne puis me retenir de vous raconter une historiette.

» Du temps que j'étais en Flandre, on célébra une couple de noces où j'assistai et où, selon la coutume de ce pays, vinrent nombre de jouvenceaux vêtus pareillement et chaussés de bottines incarnates ; l'un d'eux avait eu sa bottine raccommodée au dernier moment et le cordonnier l'avait assuré qu'à moins d'être du métier, on ne s'en apercevrait pas.

» Parmi ces jeunes gens il y avait aussi un fils de cordonnier qui dépensait gaîment la fortune que lui avait laissée feu son père ; il remarqua le raccommodage et se moqua du jeune homme en lui demandant s'il n'avait pas honte de venir danser à la noce en brodequin rapiécé.

– Mon fournisseur m'avait bien dit, répondit le jeune homme irrité, qu'il n'y avait qu'un savetier comme toi pour en faire la remarque.

Le cardinal comprit, rougit et passa à d'autres sujets de conversation. Messire Falcone, en sortant, demanda au curé ce qu'il avait voulu dire :

– Quand le cardinal, répondit Arlotto, me demanda si je le connaissais, par modestie et déférence je répondis non, mais je le connais depuis trente ans et j'aurais pu lui dire où et comment je le connus, comment je l'ai vu aller en sandales au pied et haillons sur le dos ; cependant je dis ne pas le connaître ; mais lui a fait le contraire et m'a donné un soufflet en déclarant que je ne devais imputer qu'à moi ma petite condition.

Il parut à messire Falcone que le curé avait l'esprit subtil et depuis il le tint en plus haute estime qu'avant.

## 54. Dispute sur l'usure

Un jour, monseigneur Guillaume, évêque de Fiesole, disputait avec le curé sur l'usure, en alléguant beaucoup d'autorités, que le curé réfutait, disant qu'il voulait soutenir contre les docteurs que le prêt à usure n'était pas un péché, même si on demandait cinquante pour cent, mais que c'était péché de revouloir le capital avec l'intérêt.

## 55. Le curé absout un paysan qui lui avait volé deux agneaux

Un paysan, camarade du curé, lui avait vendu quelques agneaux ; comme il en manquait deux au compte, le vendeur prétendit que le loup en avait tué quatre et que l'acheteur partageât le dommage.

Comme le curé ne le croyait pas, le paysan affirma la chose par serment ; alors le curé le crut. Mais quand vint la semaine suivante, le paysan alla trouver le curé pour confesser qu'il lui avait soustrait deux agneaux.

– Tu as, dit le curé, péché mortellement deux fois, une par vol, l'autre par faux serment.

– Les agneaux, répondit le paysan, je veux vous les livrer ; quant au serment, je n'ai pas péché, car sur mon couteau, il y a écrit *loup*, et vous savez que je jurai que le *loup* avait tué les agneaux.

Le curé rit de l'astuce du contadin et le renvoya absous.

## 56. Le vent emporte les commissions données au curé sans argent

On savait par tout Florence que le curé partait pour la Flandre sur la galère capitane, aussi beaucoup de ses amis furent lui donner des commissions, les uns avec de l'argent, les autres sans. Le curé posa ces commissions écrites sur papier, sur le bord de la galère et quand le vent souffla, toutes celles qui n'étaient pas accompagnées d'argent furent emportées ; celles où était enveloppé de l'argent restèrent.

Arrivé en Flandre, le curé acheta tout ce qui était demandé dans les commissions avec argent. De retour, il livra ses achats, mais ceux qui n'avaient rien eu se plaignirent.

-- Il m'est arrivé malheur, répondit le curé, j'avais posé mes bagages sur le bord de la galère et il est venu un vent qui a jeté vos commissions à l'eau, - c'était du papier et du plus léger – et ne me souvenant pas de ce qu'elles contenaient, je n'ai rien acheté.

– Vous avez pourtant rapporté des arras[55] à un tel, autre chose à un autre, répliquèrent les amis.

– C'est que leurs commissions étaient lourdes, il y avait de l'argent enveloppé dedans, elles ne furent pas emportées par le vent comme les vôtres qui étaient légères[56].

---

55 La tapisserie à aiguilles était depuis longtemps pratiquée en France quand les flamands se l'approprièrent au XV° siècle ; les produits des fabriques d'Arras et de Bruxelles devinrent très estimés.

56 Messire Arlot, beau diseur de sornettes,
Fit un voyage à la foire d'Anvers.
Quelques amis pour diverses emplettes,
L'avaient chargé de mémoires divers.
Lui, de retour, après la saluade,
Interrogé sur les commissions :
– Sachez, messieurs, dit-il à la brigade,
» Que pour répondre à vos intentions,
» Étant en mer, le pont de la galère,
» Me semblant propre à ranger vos billets,
» Je les y mis, dans le dessein d'en faire,
» Les ayant lus, de différents paquets.
» Tout jusqu'alors allait le mieux du monde,
» Calme la mer, le ciel était serein,
» Quand par malheur un zéphire soudain
» À vos papiers fit faire un saut dans l'onde,
» M'ôtant par là, non certes, le désir,
» Trop bien l'honneur de vous rendre service.
Des écouteurs nul ne fut si novice
De croire un conte ainsi fait à plaisir.
– Nous connaissons, dit l'un, votre malice,
» Très bien avez pour le sire Zénon,
» Le sire Côme et le sire Sulpice,
» Su faire emplette et pour nous autres non.
– Vous êtes mal informés de l'histoire,
» Reprit Arlot, oyez-en le meilleur :
» Sire Sulpice en donnant son mémoire,
» Sire Zénon, sire Côme le leur,
» En même temps eurent le soin d'y joindre
» Force doublons ; de trente fut le moindre ;
» Voilà comment de ces billets, messieurs,
» Les uns pesants, légers étaient les autres.

## 57. Le curé ne fait servir à un courtier que des panais

À la fin du carême, le Curé et Pierpuro, courtier, s'en allèrent à Casentino pour être à l'Ermitage et assister aux dévotions de la semaine sainte. Le curé sachant que Piero avait mangé la veille tant de panais qu'il en avait eu le dégoût, s'entendit le premier soir avec M. Giovanni Borscoli, qui les logeait à Falli, pour qu'il ne leur donnât autre chose à souper que des panais ; et ainsi fit l'hôte, s'excusant de ce qu'il observait le jeûne, que les poissons étaient chers et ajoutant que dans cette rue ils trouveraient difficilement autre chose.

Le lendemain ils allèrent dîner à Borselli, où le curé fit par la ruse qu'on leur servît le même plat, de même le soir à Borgo, Stia et pareillement à l'Ermitage. Enfin à Vernia les moines ne servirent rien d'autre que des panais, parce qu'ainsi l'avait réglé le curé. Alors le courtier furieux tira ses braies, disant :

– Faites donc entrer vos panais par-derrière, par-devant il ne m'en entre plus.

Les moines estimèrent qu'il était fou, mais en voyant la bonne humeur du curé, ils en prirent aussi leur plaisir.

## 58. Le curé induit messire Ventura à lui donner une mule

Messire Ventura se plaignit un jour au curé d'avoir été trompé par un sien parent qui lui avait vendu quarante ducats une mule qui n'en valait pas douze et qu'il ne trouvait pas à revendre ; il ne pouvait lui mettre la selle ni la monter sans l'aide de quatre personnes et sans qu'elle mordît.

– Je vous ai dit cent fois, répondit le curé, de ne rien entreprendre sans moi, chacun vous trompe et vous voulez agir à votre guise. Je ne puis vous donner maintenant d'autre conseil que de vous défaire de la bête au plus tôt, car l'eussiez-vous en votre possession dix ans et

---

» Ainsi le vent n'emporta point les leurs,
» Ainsi le vent emporta tous les vôtres.

La Monnoye, Œuvres choisies, La Haye, 1770.

crussiez-vous l'avoir apprivoisée, à la fin il pourra vous en arriver tout de même qu'à sire Méo de Volterra :

» Il avait élevé une jolie mule et comme elle devenait désagréable, il prenait ses précautions avec elle. Après quelques années elle mourut, alors il la fit dépecer et suspendit sa peau à une perche. Quinze jours après il appela un corroyeur auquel il la vendit, mais, tandis qu'il l'enlevait de la perche, un pied de la mule, auquel était encore attaché par négligence le couteau de l'écorcheur, le frappa à la tempe et le blessa grièvement ; si bien qu'il en mourut et mit dans son testament que les héritiers ne pourraient tenir dans leur maison mulets ni mules, ni vivants ni morts, eussent-ils fait faire des escarpins de la peau, autrement la fortune reviendrait à Santa-Maria Nuova[57].

Alors il prit une telle peur à messire Ventura, qu'il donna sa mule au curé, ajoutant que s'il la refusait, il la tuerait. Et le curé l'accepta.

## 59. Ruse du curé pour ne pas payer la douane

La galère sur laquelle le curé retournait à Florence, était à l'entrée du port, quand vint un garde qui, selon l'usage, chercha s'il y avait des marchandises qui n'avaient pas payé de droits. Le curé qui rapportait de la vaisselle d'étain et des toiles fines, se frotta alors prestement le visage d'une eau fétide, sortit de la cale avec son caban sur le dos et s'étendit sur le scandolar[58], en poussant des cris lamentables.

---

57 Église et hôpital à peu de distance et à l'est du dôme. L'hôpital fut, dit-on, fondé en 1287 par Falco Portinari, le père de la Béatrix de Dante, à l'instigation de sa servante, dont on voit le buste en marbre dans une petite cour séparant l'église de l'hôpital des femmes (du moins était-ce le cas en 1873, précision du Traducteur).

58 Le *scandolar* était une chambre qui, dans les galères, occupait un grand espace sous le tillac, puisqu'elle allait de la poupe du bateau ou écoutille à la maîtresse latte. Le chap. 34 du Statut génois défendait qu'on mît dans le *scandolar* des marchandises, des vivres, des cordages ou des parties de gréement de la galère. Il permettait seulement qu'on plaçât sous ou sur le banc qui régnait autour de cette chambre, l'or, l'argent, les perles, les cuirasses des mariniers, les casques, les collerettes de fer, etc. Quant au nom de *scandolare*, il vient évidemment comme *scandalio* (sonde) de *scandare*, monter, parce qu'il fallait monter par une *scala* pour en sortir.

– Qu'avez-vous ? fit le garde.

– Oh ! oh ! j'ai une grandissime fièvre, répondit le curé, et je voudrais un barbier pour m'ouvrir une tumeur que j'ai à la hanche.

Le garde estima qu'il était atteint de la peste et se sauva ainsi que ses compagnons ; et de cette manière le curé ne paya rien, ni lui ni d'autres passagers.

## 60. Le curé fait honte à un prêtre avec une historiette

Le curé dînait un matin avec beaucoup d'hommes de bien, parmi lesquels un prêtre caustique qui disait du mal de chacun ; il n'était pas encore à table qu'il drapait un prêtre mort peu avant et grand homme de bien.

Cela durait depuis une demi-heure, lorsque le curé, ne pouvant plus le supporter, commença une historiette d'un jeune homme qui traitait mal sa mère et lui faisait beaucoup de vilenies, aussi était-il blâmé et mal vu de tous ses parents et amis. Une fois il fit le malade puis le mort, pour voir si ceux qui disaient du mal de lui vivant, en diraient de même après sa mort.

La mère et les parents estimant qu'il était vraiment mort, le mirent dans la bière et, tandis qu'on l'emportait, chacun demandait qui c'était, et l'on répondait : « c'est ce misérable qui maltraitait sa mère » ; et chacun ajoutait : « la perte n'est pas grande, c'était un fier ribaud, la mort a bien fait de le happer. »

Le garçon entendait tout cela, et comme il passait certaines femmes, il entendit qu'elles disaient du mal de lui ; alors il se leva sur son séant et comme il les connaissait, il raconta leur maquerellage et ribauderie. Les dames s'entendant rappeler des choses déshonnêtes, ne dirent plus mot, et le curé Arlotto arrêta son histoire.

Le curé eut honte de sa mauvaise langue, ne parla plus, et aurait voulu être ailleurs.

## 61. Le curé chez un parfumeur

Le curé passant par la rue des Esclaves où était établi un

parfumeur et sentant monter des odeurs suaves, prit une boîte de savon musqué et demanda ce que le parfumeur en voulait.

– Deux gros[59].

– Vous avez tort, dit le curé, je sais que vous pouvez le donner pour un ; vu le plaisir que vous procure l'odeur, vous devriez assurément montrer quelque discrétion ; considérez le désagrément que cause leur métier à un boucher, à un cordonnier, lesquels ont des boutiques empestées et vendent néanmoins leur marchandise ce qu'elle vaut ; ils devraient la vendre moitié plus et vous la vôtre moitié moins, pour le soulagement que vous en tirez.

» Je voudrais vous voir faire comme ce jeune médecin qui remit une jambe à une jeune fille belle et riche qui était tombée au bas de l'escalier ; il la médicamenta et la guérit. Elle voulut lui donner dix ducats qu'il refusa. La demoiselle demanda pourquoi. « Ma cure est ma plus belle récompense, dit-il, si je vous ai remis une jambe, vous m'en avez plusieurs fois redressé une ; nous sommes donc quittes.[60] »

La plaisanterie plut au parfumeur, qui donna au curé le savon musqué et d'autres gentils objets.

## 62. Le curé joue une niche à certains prêtres

Certains prêtres ombrageux s'étaient réunis pour dîner ensemble. Le curé ayant appris la chose, alla les trouver et tout en parlant avec l'un d'eux de ses affaires, vit à certains signes qu'ils ne voulaient pas de lui. Un petit clerc le confirma dans ses soupçons ; alors il décida de contrarier leur dessein et s'en alla sans bruit dans une chambre voisine où il prit deux grands torchons gaillardement parsemés de

---

59  Le gros, appelé en allemand *Groschen* et en italien *grosso*, désigne dès la fin du Moyen Âge et durant les temps modernes un ensemble très divers de pièces d'argent dont le poids et la valeur différaient sur l'ensemble du continent européen. La mise en circulation de métaux précieux issus des trésors laïcs ou ecclésiastiques et l'excédent du commerce italien permit la frappe de nouvelles pièces supérieures par leur poids et leur titre aux deniers post-carolingiens : Venise en 1202, suivie par d'autres villes italiennes, émit des gros d'argent bientôt copiés dans toute l'Europe. Saint Louis créa le gros tournois qui valait alors douze deniers. (NdT)

60  Voir Pogge, *Facéties*, n° 89.

merde. Il les porta à la cuisine sous son habit, en cacha un dans la marmite où il y avait des chapons et du veau et l'autre dans une écuelle pleine de macaroni et de vermicelle, puis il rentra dans la salle en disant :

– J'ai reniflé une bonne odeur et vu à la cuisine deux grandes marmites, il est bon que je dîne avec vous.

Les prêtres, un peu troublés, lui répondirent qu'ils avaient besoin d'être entre eux, et le prièrent de s'en aller.

– Vous êtes de tristes sires, dit le curé, de licencier ainsi un ami, vous devez vous rappeler cependant combien de fois vous avez festoyé dans mon logis. Je ne suis pas venu d'ailleurs pour manger ni boire, mais je vous préviens que j'ai envie de vous faire passer le plaisir que vous vous promettez.

Alors l'un d'eux ajouta pour le narguer :

– Nous avons cinq gros chapons, neuf livres de veau et un plat de macaroni, et pour cela nous sommes onze.

– Macaroni ou poison, répartit le curé, je veux parier un dîner que vous ne mangerez rien de tout cela, car il peut se passer bien des choses avant le festin.

Alors il partit et, tandis que les uns se mettaient à table, d'autres allèrent à la cuisine, disant à la barbe du curé qu'il ne mangerait pas et paierait le dîner. Mais quand ils découvrirent les marmites, ils respirèrent une odeur infecte ; alors ils appelèrent les camarades et ils trouvèrent au fond les deux torchons merdeux. Furieux, ils jetèrent le tout dans la rue et mangèrent du pain et du fromage.

Ils regardèrent le curé comme l'auteur de la farce et eurent à payer le dîner, qui se célébra quelques jours après, et où le curé raconta toute l'histoire et stupéfia les convives.

## 63. Réponse du curé concernant sa récolte

Une année que la récolte avait été abondante dans la campagne de Florence, des paysans demandèrent au curé ce qui en était de la sienne.

– Autrement que la vôtre, dit-il, mon meilleur champ ne m'a rien rendu.

– Quel est donc ce terrain ? demandèrent les paysans.

– Le cimetière. Il me rapporte d'habitude de cinquante à soixante livres par an, puisque j'enterre annuellement de six à huit personnes et que de chaque trois brasses qu'occupe un corps je tire dix livres, mais cette année je n'ai encore enterré personne.

## 64. Le curé fait perdre du temps aux fendeurs de bois

Un jour le curé Arlotto alla chez messire Antonio de Cercina et le trouva qui faisait couper de grosses bûches ; les fendeurs, chaque fois qu'ils assénaient un coup, faisaient un effort de poitrine et poussaient un han ! comme à Venise ceux qui pilent le poivre. Le curé donna à entendre à son collègue qu'ils perdaient ainsi du temps et le Cercina, qui était avare, goba la chose et demanda ce qu'il fallait faire.

– Pour gagner un dîner et un souper, répondit le curé, je mettrai moi-même la main à l'œuvre et stimulerai ainsi vos ouvriers.

Alors il leur dit de continuer et que lui-même s'y mettrait, mais que quand il irait uriner, ils devaient attendre son retour. Messire Antonio alla vaquer à ses affaires ; à peine parti, messire Arlotto en fit autant et rentra chez lui. Lorsque le soir Antonio revint et vit que l'ouvrage n'était pas terminé, il se mit à crier.

– Vous nous avez ordonné, dirent les ouvriers, de ne rien faire qu'avec le curé ; or il est parti tout de suite après vous, disant qu'il allait uriner et reviendrait, mais il n'en a rien fait ; la faute est à vous et à lui, nous avons fait notre devoir.

– C'est un trait du curé, dit messire Antonio, mais il ne m'en fera plus.

## 65. Le curé reprend un clerc de sa paresse

Le curé avait un clerc paresseux ; en le reprenant, il lui disait souvent : « Tu ne ferais pas un bon chien de Pouille ». On lui demanda un jour ce qu'étaient ces chiens, il répondit ainsi :

– Dans la Pouille, les bergers ont coutume d'appeler leurs chiens avec un cornet et quand ils veulent les éprouver, ils prennent une jatte de lait et la portent au pied de la montagne devant les jeunes chiens, et tandis qu'ils boivent, un berger qui est sur la montagne sonne du cor. Les bons chiens laissent le lait et courent au son, estimant qu'il y a le loup ou une autre bête en vue ; les mauvais chiens continuent à boire, c'est pourquoi le berger les égorge ou les pend ; mais ceux qui ont couru, il les tient en estime. C'est ainsi que je dis à mon clerc qu'il serait pendu s'il était chien, parce qu'il ne quitterait pas la jatte de lait.

## 66. Sentence rendue par le curé

Deux paysans s'en allèrent chez le curé et lui dirent :

– Tandis que nous étions occupés à houer la vigne, un coucou[61] chanta près de nous et chacun dit : « il a chanté pour moi ». Nous avons donc parié un âne et vingt livres, l'un offrant l'âne, l'autre l'argent, et nous voulons nous en remettre à votre jugement.

Le curé accepta la mission. Le lendemain, un des paysans vint pour tirer le curé de son côté et lui donna deux fromages. À peine était-il parti que vint l'autre avec vingt œufs en se recommandant au curé. Celui-ci donna de bonnes paroles à tous deux.

Le lendemain, le paysan au fromage revint et apporta une couple de poulets. Quand il fut parti, vint l'homme aux œufs avec une paire de chapons, et le manège se renouvela plusieurs fois, chacun cherchant à se rendre le curé favorable aux présents.

Quand il parut à celui-ci qu'il avait suffisamment trait la vache, il les appela tous deux et dit à l'un : « je veux te sauver ton âne » ; à l'autre : « tes vingt livres ; car je suis d'avis que le coucou a chanté pour moi, non pour vous. La preuve, c'est que chacun de vous m'a fait

---

61 « Les anciens observaient le temps de l'apparition et de la disparition du coucou en Italie. Les vignerons qui n'avaient point achevé de tailler leur vigne avant son arrivée étaient regardés comme des paresseux et devenaient l'objet de la risée publique ; les passants qui les voyaient en retard leur reprochaient leur paresse en répétant le cri de cet oiseau qui lui-même était l'emblème de la fainéantise. » Buffon.

cinq ou six présents, sots que vous êtes ! Je vous les rendrai, mais je considère que, si vous aviez chargé un autre de cet arbitrage, vous ne recouvreriez pas, c'est pourquoi venez vous réjouir avec moi. »

## 67. Le curé reprend un chanoine (et autres)

Un chanoine gentilhomme, mais vicieux et ignorant, disputant avec un prêtre de la campagne vertueux et bon, l'appelait vilain, galefretier[62], etc. Entendant cela, le curé reprit le chanoine, ajoutant :
– Son origine fait honte à ce prêtre, mais vous, messire chanoine, vous faites honte à votre origine.

Le curé entendant un jeune homme vêtu élégamment qui disait des paroles déshonnêtes, lui dit :
– Parlez un langage en rapport avec vos habits ou portez des habits en rapport avec vos paroles.

Quelqu'un vint au curé disant :
– Je veux vous communiquer un grand secret, mais il faut me promettre de ne pas le révéler.
– Comment voulez-vous, répondit le curé, que je me retienne de le révéler, si vous ne pouvez vous retenir de me le confier ?

On demanda au curé dans quel pays il faisait le mieux vivre :
– Là où les dépenses n'excèdent pas les recettes et où les hommes ne sont pas plus puissants que les lois.

## 68. Le curé convainc un paysan d'ingratitude

Un paysan pria le curé de lui prêter un sac de grain.
– Volontiers, prends ton sac et va à ce coin de la salle où tu en as pris l'année dernière.
Le paysan alla et revint, disant :

---
62  Homme miséreux, mendiant.

– J'ai cherché partout et n'ai trouvé ni grain ni blé.
– Celui que je te prêtai l'an passé n'est-il pas là ?
– Non messire.
– Alors tu ne me l'as pas rendu ; si tu me l'avais rendu, je pourrais te le prêter à cette heure-ci.

Le paysan eut honte de son ingratitude et s'en alla sans grain ; et à l'époque de la récolte, il rendit au curé celui de l'an passé

## 69. Vengeance exercée par le curé

Quelques bourgeois bons vivants allèrent voir le curé, qui, selon son habitude, leur fit beaucoup d'amitiés. Comme bientôt après il fut forcé d'aller dans le voisinage et s'attarda quelque peu, ils fermèrent la porte et mangèrent son dîner. Après, ils ouvrirent ; le curé, à son retour, rit de la chose, mangea du pain et du fromage, puis alla à l'église et remplit le bénitier d'huile.

Quand les fricoteurs arrivèrent, il chanta un psaume d'actions de grâces, et puis leur donna l'eau bénite. Eux riaient du tour qu'ils avaient joué au curé et ne s'aperçurent des taches d'huile qui couvraient leurs habits que le lendemain. Voyant leurs bérets et leurs manteaux gâtés, ils prirent le parti de la patience, jugeant qu'ils avaient eu ce qu'ils méritaient, puisqu'ils avaient fait jeûner le malheureux Arlotto.

## 70. Conseil donné à un paysan

Un paysan tomba d'un arbre et se rompit les côtes. Le curé alla le visiter parce que c'était un bon paroissien, et après l'avoir consolé, il lui dit :

– Je vous donne un conseil pour ne pas vous faire mal en tombant.
– Vous auriez dû me l'indiquer avant ma chute, répondit le vilain, cependant je ne serais pas fâché de le connaître, il pourrait servir plus tard.
– Faites donc en sorte, dit le curé, de ne pas être plus prompt à

descendre qu'à monter, c'est-à-dire qu'après avoir fait un pas en avant, vous en ferez un en arrière ; ainsi vous ne vous ferez pas de mal[63].

## 71. Trait du curé à un bourgeois

Un vieillard qui assistait tous les matins à la messe dite à l'autel de l'Annunziata[64], avait l'habitude d'ôter son capuchon rose, comme on les portait alors, de le plier et de le poser sur l'autel. Puis, comme il était enrhumé, il ne cessait de ruminer et de cracher de manière à produire une flaque au pied de l'autel.

Ce procédé avait suscité le dégoût des moines, et il ne se trouvait personne qui voulût dire la messe quand ce fâcheux était là ; mais puisque c'était un bourgeois d'importance, on n'osait lui faire d'observation.

Le prieur, tout en songeant au moyen d'y remédier, alla trouver un matin Arlotto et le pria de venir dire la messe à l'autel de l'Annunziata, puis de dîner au couvent. Le curé accepta, et à peine avait-il commencé que le vieux salaud (sic) vint poser son capuchon sur l'autel et se mit à baver et à crachoter.

Le curé regarda cette brute, et dans son ébahissement, il ne pouvait arriver au bout de sa messe. Parvenu à la préface, où le prêtre a l'habitude d'étendre les bras, le curé, tout en prenant une belle attitude, jeta adroitement le capuchon à terre, lequel par bonheur tomba dans la mare aux crachats et fut totalement sali.

Le bourgeois furieux se leva et alla à la sacristie nettoyer son capuchon. Quand survint le curé, le vieux lui dit :

– Vous avez gâté mon capuchon, mais je vous excuse, c'est par inadvertance.

– Vous êtes bien bon, répondit le curé, de croire que je n'ai pris

---

63  Voir Pogge, *Facéties*, n° 39.

64  Santa Annunziata, église du XIII° siècle, où il y a des fresques d'André del Sarto et du Rosso. Dans la chapelle de l'Annunziata, est un tableau de l'Annonciation, de Pietro Cavallini, qui, selon la croyance populaire, a été peint par les anges et qu'on ne découvre que certains jours de fête.

garde à votre impertinence, je savais ce que je faisais : n'avez-vous pas honte de déposer vos poux sur l'autel à côté du calice, et de glavioter toute la matinée ? Il y eut un moment où j'ai craint d'avoir le calice plein d'autre chose que de vin et d'eau. Je vous promets que si je disais souvent la messe ici, je vous ferais changer d'habitude.

Le bourgeois s'en alla honteux sans mot dire, à la grande satisfaction des moines, qui remercièrent le curé de sa bonne œuvre et lui servirent un excellent dîner.

### 72. Le curé raconte la fable des grives

Un prêtre ami du curé avait instamment prié Arlotto de faire avec lui un voyage sur mer. Le curé alléguait beaucoup de raisons contraires ; mais, voyant l'obstination de son ami, il lui raconta cette fable :

» Au temps où mûrit le raisin et où l'on sèche la figue, une troupe de grives de la Romagne eut envie de chercher aventure et leur première station fut l'Alpe ; les paysans à leur aspect tendirent des filets et des lacets et en prirent quelques-unes. Les autres allèrent à Mugello, où elles trouvèrent bonne pâture, mais il y en eut de prises ; puis elles passèrent dans la plaine de Florence, où elles trouvèrent raisins et figues, mais il y en eut beaucoup de prises. De là elles allèrent à Veldipesa, qui leur parut une bonne station tant pour l'agrément du pays que pour la fertilité du sol qui produisait toutes sortes de fruits et où s'élevaient de jolis bocages.

» Elles résolurent de s'y arrêter, mais en peu de temps la plupart furent prises tant par lacets que par filets, fouées, gluaux et autres artifices, de sorte qu'à celles qui prospérèrent le temps du retour parut bien long. Celles qui étaient restées, en les revoyant, conçurent de la jalousie, disant :

– Vous voilà revenues grosses et grasses, et nous chétives sommes restées à manger des glands et à mourir de faim !

– Patience, répondirent les autres, ne voyez-vous pas quel petit nombre est revenu, pas une sur mille ! Si vous connaissiez les angoisses et les périls, les coups de pierre et de bâton auxquels nous avons été exposées, vous auriez pitié de nous et l'envie de partir vous passerait ; et si vous allez tout de même, nous savons que vous prendrez la ferme décision de ne pas recommencer.

Et le curé se tournant vers son ami :
– C'est de même que je vous conseille de ne pas entreprendre ce voyage, parce que peu en tirèrent profit et qu'il ne faut pas regarder à moi qui suis revenu plusieurs fois en bonne santé, mais au prix de traverses dont le récit vous ferait pitié et vous ferait passer l'envie de voyager[65].

## 73. Paroles du curé à souper

Messire Falcone revenant de France, fut invité par messire Carlo de Medici[66], et dans cette réunion se trouvèrent les magnifiques Lorenzo et Giuliano de Médicis et d'autres gentilshommes, ainsi que le curé Arlotto. Celui-ci était près du feu quand on lui demanda s'il était l'heure de souper ; il répondit :
– Le plus grand ennui pour les gardiens des chevaux de course c'est de se tenir aux barrières.

On se mit à table ; le curé trouvant le vin fort bon, but gaillardement, si bien que les convives s'en aperçurent. Il leur dit :
– Ne vous étonnez pas si je bois plus que de coutume ; je suis venu cette nuit de Pise, sur l'Arno, et j'ai dormi sur un sac de sel, lequel m'a tellement desséché, que j'en aurai bien cette fois pour huit jours à m'en remettre, et la chance veut que la première soirée ait été

---

65  Voir Bidpaï, *Fables* ; et *Le livre des Lumières*, de David Sahid.

66  Carlo, fils naturel de Cosme l'Ancien, fut chanoine de Prato. Laurent et Julien étaient les petits-neveux.
   Laurent, né en 1448, mort en 1492, succéda à son père Pierre en 1469. Sa générosité sans bornes lui attira particulièrement le surnom de Magnifique. La promptitude de son esprit se manifestait par la finesse de ses réparties et sa gaieté animée inspirait de la confiance dans la bonhomie de son caractère.
   Julien, né en 1453, eut pour fils naturel Jules, qui porta la tiare sous le nom de Clément VII et dont le règne fut marqué par le sac de Rome.

dévolue à messire Carlo[67].

## 74. Le curé raconte la fable des rats

Le curé se trouvait en conversation avec des amis quand, à propos d'un capitaine convaincu de déloyauté, l'un dit :
– Il serait facile de le bâtonner.
– Ce serait facile, répondit le curé, s'il se trouvait quelqu'un pour attacher le grelot.
Comme on demandait la signification de cette phrase, il raconta la fable suivante :
» Les rats tinrent un grand chapitre où assistèrent les plus fortes têtes de la nation et où le duc des rats s'exprima de la sorte : « Nous avons été mandés pour recueillir vos avis sur le moyen de nous garantir des chats, dont vous connaissez la persécution et les ravages » Les avis furent nombreux :
» – Il me semble, dit l'un, qu'il faudrait attacher un grelot au cou du chat, pour que nous fussions avertis de ses mouvements et pussions prendre la fuite.
» Le duc des rats répondit que la proposition lui plaisait fort, mais qu'il était nécessaire de trouver quelqu'un qui voulût attacher le grelot ; tous commencèrent à se regarder l'un l'autre et il ne s'en trouva pas un qui voulût tenter le coup. Il démontra ainsi que les choses d'importance ne réussissent pas facilement[68].

## 75. Tour fait au curé lors d'un anniversaire

Le curé avait été invité à célébrer un anniversaire par de riches

---

67 Sganarelle, entrant en scène avec une bouteille à la main : « La, la, la.. c'est assez travaillé pour boire un coup. Prenons un peu d'haleine. (Après avoir bu :) Voilà du bois qu'est salé comme tous les diables. » Molière, *Le Médecin malgré lui*, Acte I, sc. 6.

68 Voir pour l'origine : *Ysopet* (Avianus), I, 62.... Abstemius, 195 ; Faerno, 1564,63.... ; Benserade, *Fables d'Esope en quatrains*.

paysans qui voulaient honorer la mémoire de leur père. La messe dite en compagnie de douze autres prêtres, il fut mené à table et bien traité ; comme il était le plus âgé, les paysans le prièrent de prendre la parole selon l'usage ; mais auparavant ils placèrent devant chaque prêtre un papier renfermant six sous et devant Arlotto un qui contenait dix sous.

Le curé dit de graves paroles tout à fait accommodées à la circonstance et remercia les vénérables prêtres qui étaient venus célébrer l'office avec lui. Il fit aussi l'éloge des paysans qui craignaient Dieu et honoraient les prêtres ; et, tandis qu'il disait la prière, un de ces prêtres prit le papier aux dix sous et le remplaça par un autre, plein de cailloux.

Quand le curé s'aperçut de la chose, il appela les paysans et leur dit :

– Je dois revenir sur l'erreur que j'ai commise d'avoir dit du bien de vous, j'ai maintenant à dire tout l'opposé. N'avez-vous pas honte de me donner des cailloux à la place de sous ?

Les paysans lui donnèrent alors dix autres sous, disant qu'on lui avait joué un tour.

– Laissez-vous jouer des tours, répondit le curé, tant que vous voudrez, mais moi je ne suis pas homme à les supporter[69].

## 76. Le curé ambassadeur auprès du roi René

Les galéasses florentines étant arrivées près de la Provence, s'arrêtèrent dans un certain port éloigné de dix-huit milles de la

---

69 Le tour que raconte Jehan de Boves dans le fabliau *Brunain la vache au prêtre*, réussit plus complètement. Un vilain et sa femme entendent un jour prêcher par le *provoire* du pays que Dieu rendait en double ce qui lui était offert par l'intermédiaire de ses serviteurs. De retour à la maison, et de l'avis de la femme, il s'empresse de détacher l'unique vache de son étable et s'en va l'offrir à l'homme de Dieu. Celui-ci, pour habituer la nouvelle venue à son pré, l'accouple par un même lien à Brunain sa propre vache, et les met paître ensemble. Forcée de suivre les mouvements de Brunain, la bête s'impatiente, tire à elle et entraîne celle du prêtre chez son premier possesseur.

résidence du roi René[70]. Elles y trouvèrent des Catalans avec des marchandises, lesquels n'osaient plus avancer parce que les Provençaux étaient leurs ennemis. Le curé Arlotto s'adressa alors au capitaine, nommé Bartolomé Martelli, et lui dit :

– Il faut aller, avec votre chancelier, auprès du roi René, pour obtenir un sauf-conduit pour ces Catalans ; nos galères y trouveront l'occasion de gagner huit mille ducats.

Le capitaine le pria de partir avec le chancelier et lui fit donner de l'argent par le scribe Carlo Guasconi. Comme celui-ci comptait minutieusement, le curé lui dit :

– Je vais en ambassadeur vers le roi, et vous comptez l'argent dont j'ai besoin !

Carlo, qui était gentil et homme de bien, dit :

– Pardonnez-moi, vous avez raison !

Et il lui donna, sans compter, de l'argent dans un sac ; alors le curé et le chancelier partirent. Quand ils eurent fait dix milles, ils dînèrent et soupèrent, et le lendemain ils se rendirent sur les terres du roi. Ils descendirent de cheval ; le curé voulut entendre la messe et faire une collation ; le chancelier se consumait et n'aurait pas voulu faire de pauses. Il reprit le curé sur sa lenteur :

– Nous sommes ambassadeurs, répondit l'autre, je veux que nous marchions avec gravité.

Finalement ils joignirent le palais du roi dont à Florence n'aurait pas voulu un petit bourgeois et firent dire que deux ambassadeurs des galéasses florentines voulaient parler à Sa Majesté. Ils attendirent quatre heures et toujours on leur répondait que Sa Majesté était occupée. Alors, pour se désennuyer ils entrèrent dans une cour, et le curé, en levant les yeux, vit le roi qui lançait, par une sarbacane, des boulettes à son cuisinier. Le curé indigné dit assez haut :

– Je ne m'étonne pas qu'à celui-là on ait pris son royaume, je crois

---

70 René d'Anjou, né en 1408, mort en 1480. Il se fixa dans son comté de Provence en 1473. Il avait le goût des arts, savait peindre, chanter, faire des vers. Il introduisit en France la rose de Provins, le raisin muscat et diverses sortes de paons. Il voyageait dans ses États comme un simple particulier et passait une grande partie de ses journées à la campagne. Une de ses jouissances était de se promener en hiver dans les endroits les plus exposés au soleil ; le peuple appelait ces promenades les *cheminées* du roi René.

qu'il perdrait le paradis, s'il le possédait. Voilà quatre heures que nous faisons le guet.

Le roi vit les ambassadeurs et, honteux, leur donna audience ; ils obtinrent le sauf-conduit désiré, et ce fut grâce au curé.

## 77. Trait du curé à souper

Le curé était un soir à souper avec plusieurs braves gens dans une villa, lorsqu'il commença à pleuvoir. Tous dirent que cette pluie était bien bonne et venait bien à propos pour les semailles ; mais le curé, voyant que nul ne mettait de l'eau dans son vin, leur dit :

– Vous vantez l'eau et nul d'entre vous ne s'en met une goutte dans le corps !

Dans le même souper, on servit des grives et de la saucisse. Le curé goûta de la saucisse et la loua fort, disant qu'il n'en avait jamais mangé de meilleure, de sorte que tous en voulurent, tandis que le curé mangea les grives les plus dodues. Les autres, ayant expédié la saucisse, se tournèrent vers les grives ; mais, voyant que le curé avait mangé les plus grosses, ils dirent :

– Vous avez vanté la saucisse, mais mangé les grives.

– Ce que j'ai dit est la vérité, répondit Arlotto, la saucisse est bonne, mais les grives sont meilleures ; et j'ai fait comme vous qui avez vanté l'eau et bu le vin pur[71].

---

71 Voir notamment Abstémius, 117.

« Rabelais étant devenu domestique de la famille Du Bellay, ne mangeait pas à la table des seigneurs de Glatigny, quoiqu'il assistât souvent à leurs repas où il les divertissait de ses bons mots. Un jour on pêcha dans une rivière voisine du château, le Coueteron, un poisson d'une grosseur extraordinaire qui fut réservé pour la bouche de Mgr Jean Du Bellay. Ce poisson, qu'on appelle tourte dans le pays, a la chair la plus blanche et la plus exquise. Rabelais le convoitait des yeux : au moment où l'écuyer tranchant allait dépecer la tourte, Rabelais fait un pas en avant et, touchant du doigt le plat d'argent où le poisson s'étalait dans toute sa splendeur, il prononce ces deux mots avec un air doctoral : *Durae coctionis*. Jean Du Bellay en conclut que le poisson n'est pas facile à digérer et le renvoie à l'office. Rabelais se hâta de rejoindre le poisson.

## 78. Le curé accusé d'un vol

Le curé ayant assisté aux derniers instants de messire Antonio de Cercina, fut accusé d'avoir enlevé de la bourse d'Antonio quinze cents florins. Le curé se défendit en disant qu'il n'y avait dans la bourse que deux florins, qu'il avait pris pour les empêcher de tomber en plus mauvaise main et mis dans son escarcelle où il n'y avait rien qu'un florin. Puis il mit la main au côté et rendit les deux florins en ajoutant le troisième qu'il avait eu dans son escarcelle sans s'en douter.

– À la mort des prêtres, dit-il aux assistants, on a coutume de dérober et de gagner quelque chose, moi au contraire j'y ai mis du mien. Le Cercina n'a rien fait d'autre en sa vie que de voler les autres et, moi, il me vole après sa mort comme lorsqu'il était vivant.

## 79. Mot du curé malade

Un bourgeois de Florence, cavalier fort estimé, entendant que le curé était gravement malade, envoya demander de ses nouvelles, plutôt d'ailleurs à cause de la prochaine vacance de la cure, que par charité.

Le curé qui, malgré son état, savait de quoi il en retournait, dit à l'envoyé :

– Présentez mes remerciements à votre magnifique patron et dites-lui que je vais faire le grand voyage ; mais qu'il prépare aussi sa malle, car il me reverra bientôt.

Le cavalier avait plus de soixante-quinze ans ; le lendemain le curé trépassa, et quelques mois après le cavalier alla le retrouver.

---

– Pourquoi, demanda plus tard le prélat, avez-vous prétendu que ce poisson était indigeste ?

– Je ne parlais pas du poisson, reprit Rabelais, mais bien du plat que je touchais en disant : *Durae coctionis.* » Gastronomiana, Paris, Delarue, 1857.

## 80. Un dernier trait du curé

Un curé italien invita un jour à dîner Arlotto avec plusieurs autres curés. Ce curé qui voulait faire le plaisantin, les tira à part et leur dit :
– Messieurs, je suis d'avis que nous nous réjouissions aujourd'hui aux dépens d'Arlotto qui fait le bon compagnon et qui se moque de tout ; comme mon clerc est malade et que je n'ai personne pour servir, j'ai dessein de vous proposer de tirer à la courte paille pour voir qui de nous ira à la cave tirer le vin et servir les autres pendant que nous dînerons, et je ferai en sorte que le sort tombera sur Arlotto.

Ce qui avait été conclu entre eux fut exécuté. Arlotto s'aperçut du complot et décida d'en faire repentir son hôte. Il alla à la cave remplir les bouteilles pendant que les autres commençaient à dîner ; et étant remonté :
– Vous voyez, Messieurs, leur dit-il, comme j'ai fait ce que le jeu m'a ordonné, rejouons à présent pour voir qui de nous descend à la cave pour fermer les muids[72] que j'y ai laissés ouverts.

Alors le maître de maison ne parla plus de tirer à la courte paille et, connaissant Arlotto pour être homme à l'avoir fait comme il le disait, il quitta promptement son dîner et courut à sa cave où il trouva les muids coulant et une grande partie de son vin perdue, dont il fit ensuite de grandes plaintes à Arlotto.

– Vous n'avez pas raison de vous plaindre, lui répondit-il, puisque j'ai satisfait ponctuellement au jeu qui m'avait ordonné d'aller tirer le vin et de remplir les bouteilles, mais non de refermer les muids d'un hôte qui fait si mal les honneurs de sa maison.

---

72 Tonneaux. (NdT)